徳 間 文 庫

第九号棟の仲間たち[2]

# 百年目の同窓会

赤 川 次 郎



徳 間 書 店

目次

# プロローグ

それが霧深い林の奥の古びた洋館で起ったのなら、それほど不思議ではなかったかもしれない。

たとえば、大気を震わす雷鳴と、闇《やみ》を切り裂く白い稲妻が、樹木をまるで踊り狂う悪魔のように照らし出す嵐《あらし》の夜なら、そんなことも起りかねないと思うだろう。

でなければ、蹄《ひづめ》の音が石だたみの舗道をはねて、霧にけむったガス灯の火が、まるで細かい雨のように、マントをはおった紳士の肩にかかり落ちる光景には、似つかわしかったかもしれない。

しかし、その夜は、どれにも似ていなかったのだ。ごく静かな、当り前の春の夜で、長い冬がやっと終ろうとするころ――身を縮めなくても眠れる夜だった。

そして場所は――団地。

岡田は、ふと目を覚ました。珍しいことだ。

老人ならともかく、岡田はまだ三十代で、至って健康である。眠りも深く、一旦《いったん》ぐっすりと眠ったら、朝まで目が覚めることは、まずない。

変だな、と思った。――どこか妙だ。

夜中には違いない。寝室はほとんど闇といっていいほど暗い。陽《ひ》が上っていれば、カーテンを通して、かなり明るくなって来ているはずなのだ。

何時だろう？

岡田は、布団から少し首をのばして、枕《まくら》もとの目覚し時計を見た。――三時――いや、三時半を、もう回っている。四十分、というところか。

こんな時間に、何だって目が覚めたんだろう？　岡田は息をついた。明日は――正確にいえば「今日は」だが――休みの土曜日である。つまり、本来なら、のんびりと、昼過ぎまででも寝ていられるのだ。

だからゆうべは、十時ごろから早々に明りを消して、妻の君江を抱いた。ゆっくり時間をかけて、お互い、充分に満足したはずだった。

これでぐっすり眠れなきゃ嘘《うそ》だが……。

「君江」

岡田は起き上った。――隣の布団が、空になっている。

そうか、君江が起きる気配で、目が覚めたのかな。

意外に俺《おれ》もデリケートなのかもしれないな、などと、岡田は考えた。君江は、多少神経質なところがあり、時々、わけもなくふさぎ込んだりする。

子供がいないので、気の紛れることがないのかもしれないが、まだ二十九だ。これからだって、充分に生める年齢である。

「――おい！　君江」

岡田は、寝室から、廊下へ出た。廊下といったって、何しろ団地という所は、あまりむだなスペースを作らないように設計されているから、ほんのわずかのものだ。

台所も、トイレも、明りが点《つ》いていない。

初めて岡田は不安を感じた。君江の奴《やつ》、どこへ行ったんだろう？

玄関の上り口の明りだけが、一晩中点けてある。岡田は、そこまで来て、すっかり目が覚めてしまった。

玄関のドアチェーンが外《はず》れているのだ。

確かにかけてあったはずだ。いつも寝る前に、岡田は確かめていた。ゆうべだって、絶対に――。

してみると、君江は外へ出て行ったのだろうか？

だが、こんな夜中に、どこへ行くというのだろう？　君江のサンダルは残っていた。岡田はパジャマ姿のまま、自分のサンダルをはいて、玄関へ降りてみた。

ドアのノブをつかむ。――鍵《かぎ》が開いている！　やはり、外へ出て行ったのだろうか。

そっとドアを開けて、岡田は、外廊下へ出てみた。――さすがにこの格好では夜気が冷たい。

静かだった。

風もなく、物音一つしない。

大きな団地なので、こんな時間には、完全に寝静まって、車の音すら聞こえないのである。

しかし、どこへ行ったのだろう？

岡田は、外廊下の手すりから、下を見下ろした。岡田の所は五階で、下は駐車場になっている。照明があるので、充分に遠くまで見えるのだが、ただ並んでいるマイカーと、植込みと街灯……。

それぐらいしか目に入らない。

参ったな……。君江の奴、一体――。

どうしたものか、迷っているときだった。

「アーッ！」

と、静寂を、突然引き裂くように、女の叫び声が響き渡って、岡田は飛び上らんばかりにびっくりした。

「助けて！　誰《だれ》か！　助けて！」

ほとんど半狂乱の声だった。それが、団地の、高い建物の間を反響して、とてつもない大声に聞こえる。

しかし――あれは――。

「君江！」

君江の声だ。確かに君江の声だ。

「人殺し！　誰か来て！　殺される！」

岡田は、大きく息を吸い込んだ。

そして、階段の方へと駆け出して行った。

君江を見付けるのに、手間取ってしまったのは、声が反響して、どこにいるか分らないからだった。

岡田がやっと駆け付けたとき、君江は、声を聞いて飛び出して来た何人かの住人たちに囲まれていた。

「奥さん、落ちついて!」

「もう大丈夫だから――」

と、口々になだめているのだが、君江の方は、髪を振り乱して、

「殺される! あいつが殺しに来る!」

と、叫び続けているばかりだ。

「君江! どうしたんだ!」

岡田が、抱き止めると、君江は、やっと叫ぶのをやめた。岡田は、

「――すみませんでした。目が覚めたら、これの姿が見えなくて……。お騒がせしました」

と、集って来た人たちに詫《わ》びた。

「別に、こちらはいいけど――」

岡田の家と親しくしている奥さんが、心配そうに言った。「どうしたのかしらね?」

「分りません。いつも通り、ぐっすり眠ってたはずなんですが。――君江、おい、大丈夫か?」

ネグリジェ姿で、裸足《はだし》のままだ。こういう団地の中だからよかったが、下手をする

と足を切っていたところだ。

君江は、ぼんやりと宙を見つめていたが、やがて、ふと気付いたように、夫の顔を見た。岡田はその視線に戸惑った。

まるで、赤の他人を見ているような、いぶかしげな目つき……。

「君江――」

「あなたは――どなた？」

と、君江が言った。

「何だって！」

「私――追われてるんです。あいつが殺しに来るわ。私を」

「あいつ？」

「ええ。霧の中から……ナイフを持って」

「しっかりしてくれよ！　お前は――」

「私？　私はメアリです」

と、君江は言った。「ポリーとも呼ばれてますわ」

「何だって？」

岡田は自分の耳を疑った。

「あなたは、どなたですか?」

君江がもう一度訊《き》いた。

岡田は、目の前が真っ暗になったような気がした。

「君江!——目を覚ましてくれ! お前は夢を見てるんだ!」

しかし、岡田の言葉は、全く君江の耳には入らないようだった。君江は、周囲の団地の風景を、もの珍しそうに眺め回した。

「夜なのに——こんなに明るいの。まるで真昼のようだわ……」

と呟《つぶや》いた。

岡田は、妻の顔が、もちろん全く同じ顔なのに、それでいて別人のような表情になっているのを、呆然《ほうぜん》と見つめていた。

「どなたか存じませんけど——」

と、君江は夫を見て、言った。「馬車を呼んで下さらない?」

# 五つの名前

屋敷の車寄せに車を停《と》めると、私は、後ろのトランクを開けて、買い込んで来た荷物を外へ出し始めた。

玄関の重い扉が開いて、大川一江が急いで出て来た。

「お嬢様、呼んで下さればよろしいのに」

「これぐらい自分でやるわよ」

と、私は言った。「まだ二十歳なんだから、あんまり楽をしちゃうと体がなま〳〵るわ」

「居間でお待ちですよ」

と、一江が言った。

「誰《だれ》が?」

「ホームズさんです」

「まあ」

私は手を休めて、「今日来るなんて言ってなかったのに」

「何だかむつかしい顔をしておいででした」

「そう。——じゃ、行ってみるわ。後をお願いね」

「かしこまりました」

大川一江は、荷物を出して、トランクを閉めた。玄関を入りかけた私は、
と、振り向いて、「四時の約束のお客は、その後連絡なかった?」

「そうだわ」

「特にありませんでした」

「そう。じゃ、四時で大丈夫なのね。いらしたら、客間へ」

「分りました」

と、一江は言って、両手に荷物をかかえ上げた。

私は居間の方へ歩いて行った。

このだだっ広い屋敷を相続して、大川一江と二人で住んでいる私——鈴本芳子。前述の通り、二十歳、独身のうら若き美女(当人が言うのだから間違いない!)である。

私の住いはここだけではない。ある精神科病院の第九号棟。——私はそことこの屋敷を、行ったり来たりしている。もちろん他に別荘もあるのだが、私にとっては、ス

キー場だの避暑地だのに行くよりは、第九号棟へ行く方がずっと楽しい。

そこには、私の良き「相棒」シャーロック・ホームズ氏を初め、剣豪ダルタニアン、トンネル掘りの名手、エドモン・ダンテス——といった人たちがいて、仲よく共同生活をしている。

世界中どこへ行ったって、ベートーヴェンとアインシュタインがチェスをしている場面にお目にかかることはできない。ヴィクトリア女王がナポレオンと口喧嘩《くちげんか》している光景にもだ。

そんなことが、この第九号棟では可能なのである。

もちろん、第九号棟の人々は、世間的には「まとも」とは言えない。しかし、彼らは誰もが自分を「本物のベートーヴェン」、「本当のアインシュタイン」と信じているのだ。そして、その一点を除けば、彼らは美しい心の持主、強い正義感と繊細な神経の持主なのである。

いや、彼らとしばらく付き合ってみて、私にも分って来た。彼らはみんな、余りにも心が美しいために、世の汚れたものに背を向け、架空の世界へと逃げ込んで身を守ったのだ。

私も、その点では彼らに親しみを感じる。ただ、私がアンナ・カレーニナとかオフエーリアにならずにすんだのは、何億円もの父の遺産を引き継いだからだろう。

ともかく私は、時にはこの屋敷、時には第九号棟を「我が家」として生活している。

そして、ここでは、ホームズ氏とダルタニアンの助けを借りて、故なく罪に落された人を救うべく「探偵業」を開いているのだ。

本来、一生涯出て来られないはずの第九号棟に、私たちが自由に出入りできるのは、エドモン・ダンテス——後のモンテ・クリスト伯——が掘った、秘密のトンネルがあるからである。

当然、居間で待っているホームズ氏もそこから出入りしているわけで……。

「いらっしゃい、ホームズさん」

と居間のドアを開けた私はギョッとして、両手を上げた。「撃たないで!」

ソファに座ったホームズ氏が、拳銃《けんじゅう》を手に、真《ま》っ直《す》ぐ銃口をこちらへ向けていたからである。

「ああ、失礼」

と、ホームズ氏は笑って、拳銃をおろした。「ご心配なく、弾丸は入っていませんよ」

「びっくりしたわ。ホームズさんに恨まれるような覚えもないし」

「それはどうですかな」

と、ホームズ氏は、拳銃をテーブルに広げた布の上に置いた。「いつの世にも美女は犯罪の因《もと》になります」

「まあ、お世辞は名探偵に似合わないわよ」

と、私は笑った。

もちろん「美女」と言われて悪い気がしないのは事実だけれど。

「でも、その拳銃は？　私、初めて見たわ」

と、ソファに腰をおろして、布の上に置かれた、年代物の拳銃を眺めた。

プン、と油の匂《にお》いがする。手入れをしていたのだろう。

「この屋敷にあったのですよ」

と、ホームズ氏はパイプをくわえた。

「まあ、ここに？」

私は目を見開いて、「知らなかったわ、ちっとも」

「書斎の机に、隠し戸がありましてね。その中に入っていました」

「でも――よく分ったわね。私も知らなかったのに！」

「普通の人には分りませんよ」

と、ホームズ氏はいささか得意そうに言った。「実は私のベーカー街の家に、そっくりの細工の机がありましてな。それで分ったのです。弾丸も一緒に十発ほど」

「使えるの？」

「大丈夫。昔のものは造りがしっかりしていますからね」

「それはいいけど……。でも、物騒じゃない。元の所へしまっておけば？」

私とて、ホームズ氏やダルタニアンを信じていないわけではない。しかし、もしこれを第九号棟へ持ち込んだりして、誰か他の人が見付けたら、と心配になったのである。

「いや、それが、必要なのですよ」

と、ホームズ氏は言った。「これから必要になる、と言うべきかな」

「というと？」

私の問いに、ホームズ氏の顔から、温厚な笑みが消えた。

「あいつが戻ってくるのですよ」

と、ホームズ氏は言った。

言い方は穏やかだったが、それは真剣そのものの言葉だった。

「——あいつ？」

と、私は訊《き》き返した。「誰のこと？」

そこへ、大川一江が、紅茶を運んで来た。——ある事件で関《かか》わり合って、それ以来ここで働いてもらっているのである。

「やあ、いい匂いだ」

ホームズ氏は微笑《ほほえ》んで、ティーカップを取り上げた。

「何ですの、一体？」

と、一江も拳銃を見て、不思議そうな顔をする。

「——これをご覧なさい」

ホームズ氏が、上衣《うわぎ》のポケットから、何枚かの、新聞の切抜きを取り出した。

私はそれを一つ一つ広げて並べた。どれも違う新聞のものらしい。

「新聞にはまめに目を通していますのでね」

と、ホームズ氏は言った。「どれも、別々の日、違う場所での出来事だ。誰も、何か関連があるとは思っていないでしょう」

「——主婦、岡田君江さんが、突然夜中に外へ出て、自分はメアリだ、と言い出した……。妙な話ですね」

「またはポリーとも呼ばれていると話しているそうです」

「殺される、と叫んで怯《おび》えた様子だった。――どういうことなのかしら?」

私は他の切抜きに目をやった。「これも似てるわ。身許《みもと》不明の女性が保護されたが、どう見ても日本人なのに、エリザベスと名乗っている。警察では、心当りの人を……」

「もう一人は、アニーと名乗っている女性の記事ですね」

と、一江も覗《のぞ》き込む。「こちらは三原冴子という人だわ。三十三歳の独身女性」

「やっぱり突然?」

「勤めていた会社で、急に気を失って、意識が戻ったときは、アニーと名乗ったそうですわ」

「三人も……。奇妙な事件ね」

と、私は首をかしげた。「で、この三つには、何か関連がある、とホームズさんは思ってるわけね?」

「もちろんです。メアリ、アニー、エリザベス……。偶然ではあり得ない」

と、ホームズ氏は首を振った。「後二人、こういう女性が出るでしょう?」

「二人?」

「一人はキャサリン、もう一人は、メアリ」

「メアリは、一人いるわよ」

「もう一人出て来るはずです。メアリ・ジェーン・ケリーという女が」

「五人……。その人たちに、どういう関連があるの？」

ホームズ氏は、それには答えず、逆に質問して来た。

「一八八八年八月三十一日。――この日付に、覚えはありませんか」

「一八八八年……。百年くらい前ね」

と私は考え込んだ。「何かしら？――歴史的なこと？　そうか、あなたがベーカー街にいたころのことね」

「待って下さい」

と、一江が手を上げた。「それ、もしかして――」

一江が言い終らない内に、玄関のノッカーが鳴るのが聞こえた。

「お客かしら、例の？」

「かもしれませんね。少し早いけど」

「じゃ、ここへ通して」

と、私は言った。

ホームズ氏が、拳銃を手早く布でくるむと、上衣のポケットへしまい込む。

——一江に案内されて、二人の女性が入って来た。一見して姉妹と分る。

ただ、タイプは大分違うようだ。

「あの——」

と、若い方の、たぶん二十二、三の女性が言った。「鈴本芳子さんは……」

「私です。お電話下さった方ね。どうぞお座り下さい」

「すみません」

と、その女性は頭を下げて、「私、白川美子といいます。これは姉です」

一緒にいるのは、二十五、六の、なかなかの美人だったが、どうも普通ではなかった。つまり、夢遊病患者ででもあるかのようで、目は、どこか遠くを見ているのだ。

「お姉さん、座って」

と、白川美子に言われて、その女性はハッと我に返った様子だった。

「まあ——これは失礼を」

と、私とホームズ氏にやっと気付いたように、

「初めまして」

と頭を下げた。

「私、鈴本芳子。こちらはパートナーで、ホームズさんです」

と、私は紹介した。

「どうぞよろしく」

と、その姉は言った。「私、メアリ・ジェーン・ケリーです」

その日、デパートは大変な混雑だった。

日曜日ということもあったが、その前の何日間か、雨が降り続いて、あまりデパートへ足を運ぶ人がいなかったせいかもしれない。その分の客が、晴天の日曜日にドッと押しかけて来たのである。

「凄《すご》い人出ねえ!」

と、白川美子は息をついた。

美子はまだ独身の二十三歳。デパートの人ごみをかき分けて、安いお買得品を見付けるファイトも充分にあったが、その美子にしてからが、この日の混雑には参り気味だった。

「お姉さん、大丈夫?」

と、美子は傍の姉——北山恵子の方を振り向いた。

「うん。平気よ」

北山恵子は、笑顔で肯《うなず》くと、「美保ちゃん、お腹空《なかす》いた?」

と、手をつないでいる三歳の娘、美保の方を見下ろした。

「ううん」

美保が首をふった。「オモチャ、見たい」

「オモチャ売場? もう少し待っててね。あとちょっと買物してからでないと……」

「私、買って来てあげるわよ」

と美子は言った。「お姉さん、美保ちゃんと一緒に、オモチャ売場に行ってれば?」

「だけど――」

「お姉さんでなきゃ分らないもの、ないんでしょ? だったら、私が適当に見て買って来るわ」

「そう?」

恵子は、少し迷ってから、「じゃ、そうしてくれる? 悪いわね」

「いいわよ」

美子は手に提げていた紙袋を姉に渡して、「じゃ、これ持っててくれる? パーッと行って買って来ちゃう」

「うん、分った。じゃ、八階のオモチャ売場に――」

「適当に捜すから大丈夫よ」

美子は、一人で、混雑の間を縫って、エスカレーターの方へ歩いて行った。

正直なところ、美子は一人の方が気楽だったのだ。姉の恵子は北山と結婚してからも、従来の病気がちな体質は一向に変らず、美保を生んだときも大変な騒ぎだった。だから、こうしてデパートに来ていても、美子は、いつ姉が貧血を起すか、めまいがして座り込むかと気が気ではなかった。一人で買物をしている方が、よほど気が楽だったのである。

「全くね――」

と、雑貨のコーナーに来て、やっと客が少ないのでホッとしながら、美子は呟《つぶや》いた。

「北山さんも勝手なんだから！」

姉の夫、北山はもう五十近い医者である。個人病院としては相当に大きな規模の総合病院を父親から引き継いで、金持ではあるが、至って冷たい印象の男だった。

一応医師の資格も持っていたが、現実には患者を診たりせず、専《もっぱ》ら経営者に徹していた。

姉の恵子が、いくら見合いとはいえ、二十も年齢の違う北山となぜ結婚したのか、未《いま》だに美子には理解できない。美保が生れても、北山はちっとも嬉《うれ》しそうな顔を見せるでもなく、休日に子供の相手をするでもない。

もっとも、恵子自身は、妹と二人きりのときでも、別に夫のことでグチを洩《も》らしたりはしなかったから、あれで結構いいところもあるのかもしれない。美子にはとても理解できなかったが……。

「今日なんか、どうせ休みで家にいるんだから、一緒について来りゃいいのよ！」

姉の分の買物をしながら、いつの間にか、美子はブツブツ文句を言っていた。

すると――

「何かご不満の点でも？」

と、男の声がした。

「あ――いえ、そうじゃないんです！」

美子はあわてて言った。「独り言です。すみません」

そして、そのデパートの店員の顔をヒョイと見た。親しげな笑顔。

「なあんだ！　朝田君じゃないの！」

美子は思わず声を上げていた。「びっくりした。てっきりデパートの人かと――」

と言いかけて、美子は、相手の背広の胸についた名札に目をとめ、

「あら、それじゃ……」

「間違いなく、このデパートの店員だよ」

美子の大学時代のボーイフレンドの一人、朝田はそう言って、ニヤリと笑った。

「へえ！　朝田君、このデパートに就職したの？　知らなかったわ」

「ぎりぎり、コネで潜り込んだのさ」

と、朝田は言った。「叔父がここの重役でね」

「あら、それだったら、社員割引で買ってもらうんだった」

と、美子は言った。

真っ先に思い付いたのが「社員割引」のことだった、という一事をみても大学時代の美子と朝田の付合いが、単なる「友だち」以上のものでなかったことはよく分る。

「家庭用品を買い揃《そろ》えるとは、さては、君もいよいよ片付くのかな？」

と、朝田は言った。

いかにも気のいい坊っちゃん風の青年で、美子の目には、恋人にするには少々頼りなく映るのである。

「残念でした。姉さんの買物なのよ。ね、運んでくれる？」

「送らせたら？」

「車で来てるから。——もう少しで終るの」

「かしこまりました。お持ちいたしましょう」

と、朝田は真面目《まじめ》くさった顔でいった。「若奥さま！」

「失礼ね！」

と、美子は笑いながらにらんだ。

――買物をすませると、美子は朝田を召使よろしく後ろに従えて、姉と美保の待っている八階のオモチャ売場へと向った。

「こういう風について歩くのは、よほどのお得意に限られてるんだぜ」

と、朝田が両手一杯の荷物に息を切らしながら言った。

「悪かったわね。将来のお得意、と思ってなさい」

と、美子は言い返して、「――さて、どこにいるかな」

オモチャ売場を見渡す。

「じゃ、きっと奥の広場だよ」

と、朝田が言った。

「広場なんてあるの？」

「ただのちょっとした場所さ。広場って呼んでるんだけど、要するに客寄せに、色々、アトラクションをやるスペースなんだ」

「じゃ、そこかもしれないわ。行ってみましょ」

「右へ行って奥の方だ」

二人は、ひしめき合う子供たちの間を、かき分けるようにして進んで行った。

突然――黒いマントを足まで垂らした、仮面の男が目の前に現われた。

そこが、広場だった。

男は奇術師らしく、集った子供たちに、至って初歩的な奇術を披露している。

「――あ、あそこだわ」

と、美子は、沢山の荷物に埋《うも》れそうになってしゃがみこんでいる美保を見付けて言った。

「――美保ちゃん！　ごめんね。くたびれたでしょ」

「ううん、面白いよ、これ」

「そう？」

「うん。さっきなんかね、ウサギが美保のポケットから出て来たんだよ」

「凄いわねえ。――美保ちゃん、ママは？」

「さっき、頭が痛い、って……」

「まあ。じゃ、美保ちゃん一人で、ここにいたの」

「すぐ帰って来るって言ったよ、ママ」

「そう……」

美子は、ちょっと心配になった。

姉は美保を、少々過ぎるくらい可愛がっていて、外出したとき、一人にしておくようなことは、まずない。よほど具合が悪かったのだろうか？

「ね、朝田君、悪いけどこの子、みててくれる？　ちょっとトイレに行ってみるわ」

「分った。もしいなかったら、救護センターに訊いてみるよ」

「ありがとう」

朝田君も、少しは頼りになるわ、と美子は思った……。

しかし、トイレに姉の姿はなかった。朝田が救護センターへ問い合せたり、近くの店員に訊いて回っても、一向に手がかりがなかった。

美子も、さすがに不安になって来た。

「――ともかく、社員の休憩室へおいで。その子も眠そうだ」

美保もそろそろ疲れが出たのか、トロンとした目をしている。

美子は、朝田の言葉に従って、美保を抱いて休憩室へ行った。その途中、美子の腕の中で、美保は眠ってしまっていた。

「――困ったね」

と、休憩室へ着くと、朝田が言った。

「どうしちゃったのかしら。姉さん、子供を置いてどこかへ行っちゃうような人じゃないんだけど」

「どこか目につかない所で倒れでもしていたら、困ったことになるよ。治療が必要だったら、急いで見付けないと」

朝田は真剣な表情で、「ガードマンに言って、階段の辺りや、荷物を積んだ裏側とかを捜させよう」

「悪いわね、迷惑かけて」

「御客様は大切だからね」

と、朝田が微笑んだ。

そこへ――ガードマンの制服を着た初老の男が、女性の腕を取って、休憩室へ入って来た。

「お姉さん！」

美子が飛び上るようにして、恵子の方へ駆け寄った。「どうしたの！　捜したのよ、ずっと！」

「あなたの姉さん？」

と、ガードマンが訊く。

「そうです。すみません、お手数を――」

「いや、一階の入口の所でふらふらしてたんでね」

「一階の？」

「名前を訊くと、何だか外国人のようでね。だけど、そうも見えないし……」

「確かに姉です。――お姉さん、どうしたの一体？」

恵子は、何だか珍しいものを見るような目で、美子を、少し離れて眺めると、

「どなたかしら？」

と言った。

「――お姉さん」

美子は唖然《あぜん》とした。「私――私が分らないの？」

「失礼ですけど……」

と、恵子は首をかしげる。「どこかでお会いしたかしら？」

「お姉さん……。ほら、美保ちゃんが――そこで眠ってるでしょ」

姉の手をつかんで、美保の所へ引っ張って行く。恵子は美保を見下ろすと、

「可愛い子ね」

と言った。「あなたのお子さん？」

美子は頭を思い切り振った。夢だろうか？

こんなことって、あるのだろうか？

「おい、大丈夫かい？」

と朝田が美子に言った。

「こんな馬鹿《ばか》な話ってある？——ああ、私の方がどうかなりそうよ！」

美子の混乱ぶりを眺めていた恵子は、ちょっと遠慮がちな様子で言った。

「あの——私、メアリ・ジェーン・ケリーといいますけど、あなたはどなた？」

「——奇妙な話だ」

と、ホームズ氏が言った。

「本当にね」

私は肯いた。「でも、ここへ相談に来たなんて、偶然ね」

「神の思し召《おぼめ》しですよ」

とホームズ氏らしからぬことを言い出す。

「それにしても――なぜ、あの二人を客間へ行かせたの？」

と、私は言った。

「うむ。耳に入れては、あの妹が心配するだろうからね」

「さっき、あなたが言った、一八八八年の……」

「八月三十一日」

「その日と関係が？」

「ないはずがない」

と、ホームズ氏は肯いた。「メアリ、アニー、エリザベス、そしてキャサリンが抜けているが、もう一人のメアリ……。偶然ではありませんな」

大川一江が、居間へ戻って来た。

「客間の方に、表で待ってらした朝田さんをお通ししておきました」

「ありがとう。――ね、一江さん、さっきあなた、何か言いかけたわね」

「ええ」

一江は、わきの椅子《いす》に軽く腰をかけると、「はっきりとは憶《おぼ》えていないんですけど、その日付――一八八八年八月三十一日って、確か、ロンドンで、あの〈切り裂きジャック〉の犯行が起った日じゃありませんか？」

あまりに思いがけない言葉に、私は愕然《がくぜん》とした。

「切り裂きジャック？」

「その通り」

と、ホームズ氏が肯く。「五人の売春婦を次々に殺して、無残に切り刻んだ、あの有名な殺人鬼の第一の凶行が、一八八八年八月三十一日のことだったのですよ」

「私も、名前ぐらいは知ってるわ。確か、正体はとうとう分らなかった……」

「迷宮入りのまま、やがて百年……。今も研究書が出版されるほどの伝説的な殺人鬼ですな」

「その切り裂きジャックと、あの女の人と、どういう関係が？」

「切り裂きジャックは五人の女を殺しました。第一の被害者が、メアリ・アン・ニコルズ。通称ポリー・ニコルズとも呼ばれていた。第二の被害者がアニー・チャプマン。第三の被害者はエリザベス・ストライド」

私は唖然とした。

「じゃ、第四は——」

「キャサリン・エドウズでした」

「すると、もう一人のメアリは——」

「最後五人目の犠牲者が、メアリ・ジェーン・ケリー。最後にして、最も残酷な殺され方をしたのが、彼女だったのですよ」

と、ホームズ氏は言った。

# 聞込み

「——元気を出せよ」

と、朝田が、美子の肩を抱いて言った。

「だって……お姉さん、可哀そうだわ」

美子は、涙声になっている。「一人で、あんな病院へ……。北山さんもひどいわ、奥さんを厄介者みたいに」

「すぐ退院できるさ」

「そう思う?」

訊《き》き返されて、朝田は、ちょっと詰まった。

「そりゃ——僕も素人だからね。よくは分らない。しかし、医者がどう言おうと、家族が希望を持っていなくちゃ」

「ええ、そうね……」

美子は、力なく呟《つぶや》いた。

夜道は、もう人通りも絶えて、しかもこの辺りは、まだ両側に雑木林が残っていた。

「でも——私、いやな噂《うわさ》を聞いたのよ」

と、美子が言った。

「どんな噂？」

「あの病院に入ると——特に、姉さんの入った第九号棟は、二度と戻って来られない人たちばかりが入る所だって……」

「まさか！」

「私も、ただの噂だと思いたいけど——でも、もし本当だったら……」

「面会だってできるんだし、今どきそんなことないさ」

「そうかしら？」

「僕に任せろよ、いざとなったら、ブルドーザーで病院の壁をぶち壊してやる」

「まあ」

美子が、ちょっと笑った。それから——二人は身を寄せ合って唇を重ねた。

「——あなたのおかげで、元気が出るわ」

「スタミナドリンクみたいだな」

と、朝田が笑った。「さ、ともかく今日は帰って、ぐっすり寝るんだ」

「ええ」

美子は肯《うなず》いて、朝田の肩にもたれかかるようにしてゆっくりと歩き出した。

「――やあご両人」

と、突然声がした。

二人がびっくりして立ち止る。いつの間に出て来たのか、目の前に、ステッキを突いた、妙な若い男が立っている。

「誰《だれ》だ？」

「いいムードをぶち壊して申し訳ない」

と、その男は言った。「君たちの命をちょうだいする」

「何だと？」

朝田が、美子を後ろへ退《さ》がらせて、「強盗か？　僕はこう見えても、ボクシングをやっていたんだぞ」

「そのフットワークでは、大分練習をさぼっていたようですな」

「こいつ」

朝田が一歩前に出る。と、男のステッキから、白い光が走って、ヒュッと空気を切る音——。朝田がハッと後ろに退がった。

上衣《うわぎ》のボタンが一つ、消えていた。

「危いわ！　朝田君——刃物を持ってる」

と、美子が叫んだ。

「君は逃げろ！」

朝田は上衣を素早く脱いで、左の腕に巻きつけた。

「いやよ、あなたも——」

「馬鹿《ばか》、早く逃げるんだ！」

ヒュッ、ヒュッ、と白い刃が宙を交差すると、朝田のネクタイが半分に切られて、フワリと落ちた。

「さて、次は首が飛びますかな」

「やめて！」

美子が朝田にしがみついた。「私を殺して！　この人は助けてあげて！」

「何言ってるんだ！　君は僕に恥をかかせる気か？」

「男だ女だと言ってるときじゃないでしょ。足の早い方が逃げるのよ！」

「君の方が走るのは早かった！」

「私は百メートル十五秒だったのよ！」

「僕は十六秒だったんだ！」

「それは走る気がなかったからでしょ！」

――何とも呑気《のんき》なやりとりである。

「ご苦労さま」

私は、茂みの中から出て行った。「もういいわよ、ダルタニアン」

「失礼しました」

ダルタニアンが、白刃をスルリとステッキの中へおさめた。

「――まあ、あなたは――」

と、美子が目を丸くする。

「先日はどうも」

と、私は言った。「実はあなたとこちらの朝田さんのことを試させていただいたの」

「試す？」

「そう。――あ、これは私の助手で、ダルタニアン」

「御見知りおきを」

と、ダルタニアンが、少々時代がかった挨拶《あいさつ》をする。

「実はホームズさんと相談してね。この事件は私だけではとても手に余る、ということになったの。で、適当な助手を見付けなくちゃいけない、というわけで、あなた方のことをちょっとテストさせていただいたわけ。びっくりさせてごめんなさい。——代りにお夜食でもおごらせてちょうだい」

私の言葉に、美子と朝田は、まるで夢でも見ている様子で、顔を見合せた……。

「——さあ、どうぞ」

と、大川一江が、軽くて口当りのいい夜食を出してくれたが、白川美子と朝田の二人は、話の突飛さに呆気《あっけ》に取られている様子だ。

「——事情は分りました」

と、やっと朝田が言った。「しかし、信じられない話だな！」

「無理もないわ」

と、私は微笑《ほほえ》んで言った。

「しかし、さっきの剣の名人芸を見たら、信じないわけにはいきませんね」

と、朝田が、ダルタニアンの方へ目をやりながら言った。

「恐縮です」

と、ダルタニアンが会釈する。

美子が、明るい笑い声を立てた。

「でもすばらしいわ！　シャーロック・ホームズやダルタニアンに会えるなんて、夢みたい」

「もちろん、これは誰にも話してもらっては困りますよ」

と、私は念を押した。

「誓いますわ」

「僕もです」

と、朝田も肯く。

「結構。――あなたのお姉さんは、第九号棟にいれば、まず安心だわ。ホームズさんがついていますから」

「でも、いやな話だなあ」

と、朝田は首を振った。「今の世に、切り裂きジャックなんて……」

「被害者が五人――キャサリンは欠けているけど、これだけ揃《そろ》ったということは、何か意味があるのよ。当然、加害者も、どこかに出現している、と見なければ」

「ホームズさんは、気にしてるのさ」

と、ダルタニアンが、さっさと、夜食を平らげて言った。「自分が、百年前に、切り裂きジャックを逮捕できなかったことをね」

なるほど、そうかもしれない、と私は思った。

「それで、これからどうするんですか?」

と、美子が言った。

なかなか行動的でいい。女性はつい、すんでしまったことをいつまでも悔みがちだが、白川美子はそういうタイプではないようだ。

「まず、今分っている四人を、あの第九号棟へ集めるの」

と、私は言った。「一人一人が、バラバラだと、切り裂きジャックの手から守るのも大変だわ。あそこにいれば――」

「私もついていますからな」

と、ダルタニアンが得意げに言った。

「ホームズさんの目も届くし。その仕事は私がやるわ」

「できるんですか?」

と、美子が不思議そうに言った。

「世の中、お金持にはたいていのことができるのよ」

と、私はちょっとウインクして見せて、「それに加えて美人ならなおさらね」

ワハハ、とダルタニアンが笑った。ちょっとにらんでやると、あわてて目をそらす。

それを見て、今度は朝田と美子が笑い出してしまった。

まあいい。いくら大事件だからといって、取り組む方がガチガチに緊張していたのではろくな結果が生れないのだ。

「じゃ、差し当っては――」

と、美子が言った。「キャサリンを見付けることですね」

「しかし、口で言うほど簡単じゃないな」

と、朝田が言った。「およそ手がかりなんてないわけだろ」

「キャサリンねえ……」

ダルタニアンが肯いて、「この間TVを見てたら、キャサリンとかいうのが出てたね」

「ダルタニアンがTVを見てるなんて、何だか変ね」

と、美子が笑った。

「ああ、歌手じゃないですか、それ」

と、朝田が肯いて、「僕も知ってる。キャサリンって、でも日本人なんだ」

「芸名でしょ。それじゃ仕方ないわ」

と、私は言った。「ホームズさんが、今、全国の新聞を当り直してるわ。突然キャサリンと名乗るようになった女性の記事を捜してね。でも、新聞に出ているとも限らないし」

「後は警察で保護されているか、それとも病院に入っているかですね」

と、朝田がサラリーマンらしく、手帳を出してメモを取る。「それ、僕が当ってみます」

「何かつてがあるの？」

「ええ。友だちが新聞記者ですから。警察の方にも顔がきくんで」

「じゃ好都合だわ。お願いするわね」

「私は何をすれば……」

と、美子が言った。

「例の四人が、被害者の名を名乗るようになった背景を当ってほしいの。何か理由があるはずだわ。そしてそこから、ジャックのことも何かつかめるかもしれない」

「分りました。ご主人や、お友だち、勤め先の同僚……」

「あなたはまず、お姉さんのことから調べてくれる？　私は他の三人を一人ずつ当ってみるわ」

「分りました。——四人に何か共通した点があればいいわけですね」

「そう簡単に見付かるとは思えないけどね」

と、私は言った。

「僕は何をします？」

ダルタニアンが、仕込み杖《づえ》になったステッキを引き寄せながら言った。

「あなたは、美子さんについていてあげてちょうだい」

と、私はダルタニアンへ言った。

「私なら一人でも——」

「いいえ、美子さん。調べて行く内に、いつどこで切り裂きジャックに出会うかもしれないのよ。私はある程度、危険にも慣れているけど、あなた一人では危いわ」

「ご心配なく。任せて下さい」

ダルタニアンが得たり、という顔で言った。

「朝田さんも、それで構わないわね」

と私が訊くと、朝田はニヤリと笑って、

「ええ。あの腕前を目にしていますからね。でも——ダルタニアンさん」

「何か？」

「彼女のハートまで、その剣で射止めないで下さいね」

「その心配は無用ですな。射止めるのは弓矢の役目で――第九号棟にはロビン・フッドもいます。それに本当の騎士《ナイト》は、他の男の恋人には手を出さないものですよ」

「安心しました」

と朝田が言った。

「毎日、夜十時にここへ集って、報告し合うことにしましょう。来られない場合は、必ず連絡を入れる」

「分りました」

「でも、朝田君、あなた、会社は？」

「なに、切り裂きジャックを捕まえるんだ。会社ぐらいクビになっても――やっぱり困るな」

と頭をかいて、「何とか上司を説得して休みをもらうよ」

「私のために悪いわね」

「いいさ。これで君に恩を売って結婚できる」

――私は咳払《せきばら》いして、

「ラブシーンは、お帰りになってからにして下さいな。もっとも、もうじき朝になりますけどね」

と言った。

窓のカーテンに、白々とした朝の光がにじみ始めていた。

「さっぱり訳が分りませんよ」

と、岡田は途方に暮れた様子で首を振った。

「奥さんが、メアリと名乗ってることに、心当りは？　何かそんな名前を出したことはありませんか？」

と、私は訊いた。

「聞いたこともありません」

――メアリ・アン・ニコルズを名乗っている岡田君江の夫を訪ねて、その勤め先にやって来たのである。

「全く、こっちがノイローゼになりそうだ」

と、岡田はため息をついた。

仕事の忙しさで気を紛らわせている、というところらしい。話も、会社のロビーの椅子《いす》に座って、ということになっていた。

　私は、心理カウンセラーという、よくわけの分らない名刺を出していた。探偵――といったって、こちらも正規の商売ではないのだが――ということを知られたくないときには、この意味不明の肩書を使うことにしているのである。

「で、今、奥さんはどうなさってるんですの？」

「ずっと僕の兄の所でみていたんです。一人にしておくのも心配ですからね。でも、やはり治療を受けさせなきゃいけない、ということになって。――幸い、どこだかの病院が、引き取りたいと申し入れて来たので、しばらくはそこへお任せしようと思ってます」

　その病院とはもちろん、あの第九号棟のことなのである。

「そうですか。やっぱり専門家に任せた方が、原因がはっきりするのかもしれませんね」

「そう思ったんですよ、僕も」

と岡田が肯く。「ところが、同僚の中にも色々言う奴《やつ》がいて……」

苦々しい表情である。

「というと？」

「いや、つまり僕が君江を——」

「厄介払いしたがっている、と？」

「そう、そういうことです。だから、一生病院へ入れとく気なんだとかね。——人の気も知らないで、ってのはこのことですよ」

「他人は色々と勝手なことを言うものですわ」

と、私はなだめるように言った。「——君江さんは、普段から、夢見がちなところはありました？」

「そうですね。——夢見がち、ってところまで行くかな。まあ、二十九にしては子供っぽいところはありましたね。子供がいなかったせいかもしれないが」

「時々、我を忘れてぼんやりしてしまうことは？」

「さあ。少くとも僕がいるときは、そんなこともありませんでしたがね。一人のときは知らないけど」

「忘れ物をするとか、失《な》くし物が多いとか、そういうことは——」

「ああ、それはありましたね！」

と、即座に答える。「よく財布を落として帰って来ましたよ。しかも、帰って来るまで、落としたことに全然気付かない。やっぱり、年齢のわりにぼんやり屋なんだろうな。しかし、不思議と、いつも財布は出て来るんです。お金も抜き取られずにね。運の強い奴なのかもしれませんね」

「よく分ります」

と、私はもっともらしく肯いて、手帳を開けてメモなど取っていた。「感激しやすい性質でした？」

「ええ、そりゃもう！　何しろ、子供が見たって泣かないような、分り切った、お涙ちょうだいもののTVドラマでも、ワンワン泣いてしまうんです。結婚前、何度か映画なんかに連れて行きましたけど、西部劇でも泣いちまうんで、こっちは見っともなくて。映画を見るときは、離れて座ったもんです」

その光景が思い浮かんで、私は思わず微笑した。

「そのくせ映画が好きでね。よく試写会の招待なんて、ラジオでやってるでしょ。年中ハガキを出してましたね。筆不精なのに、ああいうハガキはよく書いていたな」

「それはそうですよ」

「別に、金がないわけじゃないんで、映画館へ行きゃいいじゃないかと言ったんですが、君江に言わせると、映画館だと、しばらくやってるんで、その内行けると思って、結局行かない、って言うんですね。それが試写会なんかだと、一日しかないでしょ。

だから必ず行く、と。――変なところで理屈は通ってるんです」

「大体、奥さんの性格はつかめました」

と、私は言った。「一つお訊きしたいんですが、奥さんは、犯罪実話とか、そういう本なんかに、興味を持っておられませんでしたか？」

「犯罪？　いや――別にそんなもの、読んでなかったんじゃないかなあ。そりゃ、たまにはミステリーなんか読んでたみたいだけど……。特に興味がある、ってことはなかったと思いますよ」

「そうですか」

私は少し考えてから、「――もしお邪魔でなければ、お宅へうかがって、奥さんの読んでおられた本とかを、拝見したいのですが」

と言ってみた。

岡田は、別にいやな顔もせずに、

「いいですよ。でも今は僕一人なので、散らかってますし、日曜日か夜でないといないし――」

「よろしければ、今夜でも」

「今夜――。今夜ね」

なぜか、初めて岡田はちょっとあわてた様子で、「ちょっと今夜は仕事が……。明日の夜では?」

「結構です」

私は、岡田のいる団地への道順を聞いて、腰を上げた。

「どうもお仕事中、失礼しました」

「いや、とんでもない」

岡田は、エレベーターの方へ戻って行く。

至って協力的だった、と言えるだろう。ただ、問題があるとすれば、協力的に過ぎる、のではないか、という点だ。

見も知らない若い女が、突然訪ねて来たにしては、いやに丁寧に答えてくれたものである。多少はいぶかしく思っても当然だろうが。

岡田の姿が見えなくなって、私はそのビルを出ようとした。

「——ちょっと」

と、呼ぶ声がする。

振り返ると、私と同じくらいの年齢と見える若い女が、事務服姿で立っている。

「何かご用?」

「あなた、今、岡田さんと話してたでしょ」

いやに突っけんどんな、敵意を感じさせる言い方だった。

「ええ。あなたは同じ会社の方？」

「そうよ。――あなた、岡田さんとどういう関係なの？」

「関係……。あなたこそ、どうしてそんなことを訊くの？」

女はムッとしたように、

「岡田さんにちょっかい出さないで！」

と言ったから、私も少々面食らった。

「ちょっかい？　私が？」

「いやに馴《な》れ馴れしかったじゃないの」

これはどうやら……。

「あなた、名前は？」

「あんたの知ったことじゃ――」

「私はこういう者」

と、インチキな名刺を出して、「奥さんの病気のことで、話を聞きにきたのよ」

「まあ、そうだったの？　じゃ、私――いやだわ」

と、顔を赤らめた。

「気にしないで。あなた、岡田さんとは恋人同士なの？」

「いいえ、そんな！――私、ただ、岡田さんのことが心配で、気の毒で……。ごめんなさい、失礼なことを言って」

その女は、早野恭子と名乗った。どう否定したところで、岡田との間に何かあることは明らかだ。君江が入院して、早速《さっそく》、恋人ができたのか、それとも、その前からの仲だったのか……。

「奥さん、元に戻りそうでしょうか？」

と訊く早野恭子の表情も微妙なものであった。

「さあ、どうかしら。周囲の人の気持次第で、ずいぶん違うものなのよ」

と私が言うと、早野恭子は、ちょっと目を伏せて、

「そう――そうでしょうね」

と、呟くように言って、「失礼します」

突然頭を下げると、急いで歩いて行ってしまった。

早野恭子、か。――ビルを出ると、私は手帳にその名をメモした。

タクシーを拾って、今度は、アニー・チャプマンを名乗っている三原冴子のことを

調べるべく、彼女が働いていた会社へと向かった。

運転手が、カーラジオをつけた。——私は年齢に似合わず、クラシックばかり聞いているので、当世の人気アイドルというのは全く知らない。

私より、却《かえ》ってダルタニアンなどの方が知っている、というのも妙な話だ。

ちょうど流れていた単調な歌が終ると、司会者が言った。

「次は、今、人気急上昇のキャサリンちゃんです!」

キャサリン。——そういえば、ダルタニアンがこの子のことを言っていた。

切り裂きジャックの四番目の犠牲者、キャサリン・エドウズは、どこにいるのだろう……。

# キャサリン

「彼女、変よ何だか」

と、英子が言った。

「何だって？」

ちょっとボンヤリしていたマネージャーの木村は、訊《き》き返した。

「何だかおかしいの、様子が」

と、英子はくり返した。

「疲れてるんだよ」

と木村は、肩をすくめて、「こっちもご同様さ」

「疲れてることは、これまでにだってあったわ」

木村は、ちょっと眉《まゆ》を寄せて、

「まさか男と――おい、子供でもできたんじゃないだろうな」

と言った。「もしそうなら、早い内に始末しないと――」

「用心してるわよ、私が」

と、英子が首を振る。「そういう意味じゃないの」

「じゃ、何だよ、一体？」

木村が少し苛《いら》だったように言った。

「私にもよく分らないわ。でも、どことなく前の彼女と違ってるのよ」

英子は、腕を組んで、じっと考え込んでいた……。

「――おい、ライト！　もっと照らしてくれよ！」

ディレクターの声がスタジオの中に響く。

ここはＴＶ局のスタジオである。

昼のバラエティ番組の収録。リハーサルが始まらないので、関係者が苛々している。

「これじゃ、下手するとぶっつけ本番だな」

と、腕時計を見て、木村が言った。

木村は、今売り出し中のアイドル、キャサリンのマネージャーである。三十代もまだ前半のはずだが、四十過ぎに見えるくらい、くたびれていた。

もちろん、キャサリン当人のように、夜、まともに眠るのが一時間とか二時間、といった、めちゃくちゃな生活をしているわけではないが、キャサリンは何といっても十七歳。木村の半分の年齢なのである。

「困ったもんね、建一にも」

と、英子が言った。

英子は、キャサリンにいつもついて歩いている。東北から一人で上京して来ているキャサリンと、都内の小さなマンションで、寝起きも共にしているのだ。

つまり、英子は、今のキャサリンにとっては母親代り、ということになる。まだ年齢は二十七だったが。

「仕方ないさ、人気がありゃ、すべて許されるんだ」

「ちょっと彼女を見て来るわ」

英子は、床に這《は》う太いコードに足を取られないように用心しながら、セットの方へ歩いて行った。

珍妙な衣裳《いしょう》に身を包んだアイドルたちが、欠伸《あくび》をしたり仏頂面でわきを向いたりしている。とてもTVに出せる光景ではなかった。

キャサリンは、その隅で、おとなしくチョコンと座っていた。——十七歳にしても小柄なその体のどこに、睡眠一時間で頑張れるエネルギーが隠れているのか、使う側にいる英子が首をひねるのだから、少々妙なものである。

「キャサリン」

と、英子が声をかけると、キャサリンが顔を向けて、微笑《ほほえ》んだ。「どう、気分は？」

「ええ、大丈夫」

と、キャサリンが肯《うなず》く。

「——竜建一が、遅れてるのよ」

と、英子は少し声を低くして言った。「あなた建一とコントをやることになってるでしょ」

「ええ。私、憶《おぼ》えてるから」

「あなたはね。でも、建一は怪しいもんだわ。この分だとリハーサル抜きでやることになるかもしれない。向うがめちゃくちゃにやったら、適当に笑ってごまかしなさい。いいわね？」

「ええ、分ったわ」

キャサリンは落ちついた様子で肯く。

「——いつになったらリハーサル始めるの？」

「こんなに待たされるんだったら、もっと眠っとくんだった」

と、あちこちから不平の声が上る。

それも無理はない。この番組のホスト役の竜建一が、リハーサルの時間になってもやって来ないのである。

アイドル歌手として売り出してすでに十年、三十に近いが、うまくイメージチェンジをして、人気を保っている。

この番組も、雑な作りの割には高視聴率を取っていて、そのせいで、いくら遅刻して来ようが、誰《だれ》も文句一つ言えないのだった。

「リハーサルやらないんだったら、休ませてよ」

「そうよ」

「こんなことしてるの、時間のむだだわ」

あちこちから声が上る。ディレクターも苦り切った表情である。

「OK！　じゃ一旦《いったん》休憩にしよう。——仕方ない、いきなり本番だ」

と、諦《あきら》め切ったように言った。

「——キャサリン、あっちで休んだら？」

と、英子が言った。

「いいわ。ここにいる」

「どうして？　どうせ建一はぎりぎりまで来ないわよ」

「この衣裳、すぐしわになるの。それに眠るほどの時間もないし」

「そう？　それじゃ、私、あっちにいるからね」

「分ったわ」

キャサリンは肯いた。

英子は、二、三歩行きかけて、振り向くと、少し低い声で、

「ルミ」

と言った。

キャサリンの耳に届かなかったはずはないが、しかし、彼女は英子の方を見ようともしなかった。

「――何だ、キャサリンは？」

英子が一人で戻って来るのを見て、木村が言った。

「彼女、あそこにいるって」

「そうか」

木村は大して気にもしていない様子だ。

「おかしいわ、あの子」

と、英子が首を振った。

「元気そうじゃないか」

「体はね。でも……この間からなのよ」

「何が?」

「ルミ、って呼んでも、返事しないの」

「どういうことだ?」

木村が当惑顔で言った。

キャサリン。これはもちろん芸名である。ただの〈キャサリン〉だけだ。本名は門倉ルミ、というのだった。

「仕事のときは、もちろんキャサリンで通してるわ。でも、マンションに戻ったら、いつもルミと呼んでたのよ。ところが――この前ルミって呼んだら、何だか不思議そうな顔して、こう言ったの。『私、キャサリンよ』ってね」

木村は、ちょっと肩をすくめた。

「きっと君をからかったんだよ」

「からかってるのか本気か、見れば分るわよ。あのとき、あの子、本当に自分をキャサリンだと思い込んでたわ」

木村は、ちょっと笑って、

「結構じゃないか。プロ意識に目覚めたのさ、あの子も」

「そうかしら……」

「考え過ぎだぞ。君も疲れてるんじゃないのか」

「それは確かね」

と、英子は苦笑した。

「あの子が自分の名前を忘れたとでもいうのかい？　まさか！」

英子は、ライトの当ったセットに、一人、ポツンと座っているキャサリンを見やって、

「過労、寝不足、緊張、作りものの笑顔……。どうなったって、不思議じゃないわ。本番直前まで平然としてて、突然泣き出した子のこと、憶えてる？」

「ああ……。後味が悪かったな」

「あの子は、あれきりみんなの前から姿を消して、今じゃ、誰も思い出しやしない。──当人は病院行きよ」

「うん……」

「私たちがあの子をそこまで追い込んだのよ。それなのに、入院費用も持たないで」

「それは社長に言ってくれよ」

「私たちだって、社長に、費用を出すべきだとは言わなかったわ」

「まあね。自分のクビが大事だからな」

と、木村は肩をすくめた。

「あの後、どうなったか、知ってる？」

「さあ。まだ入院してるんだろ？」

「家の方で、費用をもち切れなくなって……。両親は夜逃げよ。行方不明のままよ。借金がかさんでいたのね」

「そいつは知らなかったな」

「私も、たまたまあの家の近くを通ったんで、気になって寄ってみて、初めて知ったの。家は差し押えられてた」

「で、あの子は？」

「費用が払えないんだもの、病院を出されて、それきりよ。妹がいて、婚約してたんだけど、両親が蒸発して、その借金がかぶさって来たんで、婚約は解消、病院を出された姉と二人で、どこへ行ったのか……。誰も知らないわ」

「そうか」

木村は肯いて、「哀れだな。しかし、そういう世界なんだ。仕方ないさ」

「分ってるわよ」

と、英子は言った。「ただね、キャサリンには、そんな風になってほしくないだけなの」

「うん……」

木村は、チラッと英子の方を見て、しばらく考え込んでいたが、「――休みが必要だと思うかい？」

「キャサリンに？　そう、必要ね。取り返しのつかないことになる前に」

「よし」

木村は肯いた。「じゃ、社長に話してみよう。一週間ぐらい、どこかへ行って来るといいや」

「頼りにしてるわよ」

英子が、ふっと笑顔になって、木村をつついた。

「おい、建一が来た」

と、木村が言った。

病室のドアが、乱暴に開けられた。

「社長――」

木村が、あわてて、椅子《いす》から立ち上る。

「どうしたっていうんだ!」

社長の黒木が、顔を真っ赤にして怒鳴った。「お前たちがついていながら、あのざまは何だ!」

「申し訳ありません」

青くなった木村が、額の汗を拭《ぬぐ》う。

「社長――」

ベッドのそばについていた英子が、たまりかねた様子で進み出ると、「ここは病室です。大声を出さないで下さい」

と言ってのけた。

木村が、ギョッとしたように英子を見る。社長の黒木は、ジロッと英子をにらんだが、英子がひるまずに見返したので、渋々声を低くした。

「で、どうなんだ?」

「まだ意識不明です」

「原因は分ったのか」

「検査は、意識が戻ってからでないと。ともかく、突然倒れたんですから」

「困ったもんだ」

と、黒木は、ため息をついた。「竜建一の事務所はカンカンだぞ。局の方も頭をかかえている」

それは自業自得です、と言いたいのを、英子はこらえた。

確かに、キャサリンもどうかしてはいたのだ。――ぶっつけ本番のコントで、思った通り、建一はまるでセリフを憶えていなかったのだ。でたらめにしゃべり出した建一に対して、キャサリンは、憶えた通りのセリフで答えたのである。

当然、話は全くかみ合わない。建一が笑って、

「今日はすれ違いのコントだね」

とごまかそうとしたのを、キャサリンは、

「自分が遅れて来たのがいけないんじゃないの」

と、言ってのけたのだった。

建一の顔が、怒りでこわばったのを、生中継のカメラがはっきりと捉《とら》えてしまった。

そしてCMになったとたん、建一は、

「どういうつもりだ！」

と、キャサリンに詰め寄った。

すると、突然、キャサリンは気を失って倒れてしまったのである。

「――一応、過労でノイローゼ気味だったということにしとく」

と、黒木は言った。「いいな。それで押し通すんだ」

「分りました」

と、木村が言った。

「こうなる前に分らなかったのか？　何のために傍についてるんだ」

ブツブツ言いながら、黒木が病室を出て行くと、英子はフンと鼻を鳴らして、

「いい気なもんだわ」

「社長なんて、そんなもんさ」

木村はフウッと息をついて、ベッドの方へ歩いて行った。「――もう夜の九時だぜ。かれこれ、七、八時間は眠り続けてる」

「ただ疲れてるだけならいいんだけど」

英子は心配そうだった。

「――そうだ」

　木村は、ふと気付いた様子で、「番組の最初の紹介のとき、キャサリン、変なこと言ってなかったか？」

「ええ、そうだったわ」

　英子も、ハッとしたように言った。「あの後の騒ぎで忘れてた。――ただ『キャサリンです』って言えばいいのを、キャサリン――何とか、エドウズ――とか何とか言ってたわね。何のことかしら、と思ったのよ」

「エドウズ？」

「そんな風に聞こえたわ」

「付けてもいない名前を言うってのも妙だな」

「おかしいわ」

　英子は、眠り続けるキャサリンを見つめながら、呟《つぶや》いた。「――キャサリン・エドウズ、か」

　英子は、ハッと目を覚ました。

　椅子に座ったまま、眠り込んでいて、ガクンと顎《あご》が落ちた拍子に目を覚ましたらしい。

「キャサリン――」

ベッドの方を覗《のぞ》いてみる。キャサリンは、静かな寝息をたてていた。変りないようだ。といって、安心できたわけではなかった。何しろスタジオで倒れて、ずっと眠り続けているのだ。

時計を見ると、もう真夜中――十二時近くになっている。十時間以上も眠り続けているのである。

起してみようか。――いくら寝不足で、といっても、これだけ眠れば、差し当りは充分だろう。

そっとキャサリンの顔の上にかがみ込む。――しかし、その穏やかな寝顔を見ると、起すのもためらわれるのだった。

ドアが開いて、薄暗くしてある病室の中に、廊下の光が射《さ》し込《こ》んで来た。

「どうだい？」

「木村さん。事務所に戻ってたの？」

「うん、後始末にね」

「どんな様子？」

「いや、それが愉快でね」

木村は、いやに楽しそうだった。「あんなに竜建一が嫌われてたとは思わなかったな。記者やレポーターも、みんなキャサリンを弁護してくれてる。建一にはいい薬になっただろう、ってね」

「それじゃキャサリンには――」

「お咎《とが》めなし、ってところかな」

「良かったわ！」

英子はホッと息をついた。「日頃《ひごろ》の行いが問題ね」

「全くだな。社長も打って変って、ご機嫌さ。『うちではタレントに、時間や約束は必ず守るように、キチンとしつけてます』とか言っちゃって」

「勝手なもんね」

英子も思わず笑い出してしまった。

「――で、どうなんだい。彼女？」

「全然目が覚めないの。お医者さんも、首をひねってたわ。でも、呼吸も脈拍も正常だって」

「そうか。じゃ、ゆっくり眠らせとこうよ。――ああ、ご機嫌のいいところで、社長から一週間の休み、もぎ取って来たからね」

「さすが、木村さんね！」

と、英子がポンと肩を叩《たた》くと、木村は照れたように、

「おだてるなよ」

と笑った。「――君、腹減ってるんじゃないか？」

「あ、そうか。言われてみりゃ、お昼から何も食べてないんだわ」

「食べて来いよ。僕は軽く食ってきたから」

「そうするわ」

英子は、バッグを手に取った。

「通用口を出た所に、二時までやってるレストランがある。ま、味は大したことないだろうけどな」

「ぜいたくは言わないわ」

と、英子は言って、ドアを開けた。「じゃ、戻るまでお願いね」

「ああ、ゆっくり行って来いよ」

英子は、廊下へ出て、ドアを閉めると、〈面会謝絶〉の札が少し曲っているのを直して、歩き出した。

――十二時過ぎだというのに、レストランはほぼ満員の盛況だった。英子もその一人ではあるのだが、東京って所は、夜行性の人種の多い所なのである。

奥まった席について、取りあえず眠気ざましのコーヒーを頼む。メニューを眺めていると、

「失礼します」

と、女の声がした。「――構いません?」

若い、なかなか知的な美人が立っていた。席がないので、相席に、というのかと思った英子は、

「どうぞ」

と気楽に言った。

その女性は、向かい合った席に腰をおろすと、

「キャサリンさんのマネージャーの方ですね」

と言った。

「ええ、あの……」

英子は、どこかの雑誌記者でもやって来たのかと思った。しかし、どことなく、そういう雰囲気ではない。

「私、鈴本芳子と申します。キャサリンさんのことで、お話をうかがいたいんですが」

と、その女性が言った。

「どうぞ、食事をなさりながら」

と、私は言った。

「はあ」

私は、例の心理カウンセラーという、インチキの名刺を出していたのだが、この女性も、アッサリと信じてくれたようだ。

私には結構似合っているのかもしれない。いや、そんなことはどうでもいいのだが……。

「英子と呼んで下さい。マネージャーじゃなくて、付き人なんですよ。キャサリンの世話をするんです」

「分りました。――実は、キャサリンさんの名前のことなんですけど――」

「名前？」

食事していた手を休めて、英子が訊《き》き返してきた。

「本名ですか」

「いえ、本名は、門倉ルミ、というんです」

「芸名はキャサリンだけ、ですね」

「そうです」

「今日、お昼の番組のとき、彼女は『キャサリン・エドウズ』と名乗りませんでしたか？」

ダルタニアンが、たまたまTVを見ていたのだ。そして、その名を耳にしていたので、私が急いで飛んで来た、というわけなのである。

「はい。——わけが分りません。あの子にはキャサリンとしかつけていないのに……」

「そうですか」

私は肯《うなず》いた。「最近、彼女に、どこかおかしなところが目に付きませんでしたか？今日の一件は聞きましたけど、もっと細かいことで」

「それが……」

英子から、キャサリンが本名を呼んでも返事をしなくなった、ということを聞いて、私の確信は強まった。

何てことだろう！　あんなに必死で捜していたというのに、その当人は、ちゃんと「キャサリン」と名乗って、目の前にいたのだ。

「どういうことなんでしょう？」

と、英子が訊く。

私はこの女性に好感を持った。損得でなく、本当にキャサリンの身を心配しているように見えたのだ。

「彼女に、別の人格が取りついているようですね」

「別の人格？」

英子が目を丸くした。

「彼女を、私の知っている病院へ預けていただけませんか」

「病院って——どんな？」

「精神科病院です。彼女の安全のためなんですよ」

「でも——そんなこと。私一人では決められませんわ」

「もちろん、そうでしょう。ただ、事態は急を要するんです。彼女の命にかかわります」

英子は、食事どころではなくなってしまった様子だった。それは当然だろう。

「——一週間、休みはとってあります。でも——分って下さい。具合が悪いといっても、キャサリンはアイドルです。どこへ行っても人の目にさらされるのが、この仕事の——」

「殺されて、人の目にさらされてもいいんですか？」

英子が、愕然《がくぜん》とした表情で、

「今——何ておっしゃいました？」

「殺されても、と言ったんです」

「それは——どういう意味です？」

「彼女を狙《ねら》っている人間がいます。厳密には彼女ではなく、彼女に取りついた人格を狙っているんです。でも肉体は彼女自身のものですから、殺されてしまえば同じことです」

その説明で分る人間がいるとは、私にも思えない。

むしろ、訳の分らない話をするな、と怒った方が自然だろう。しかし、英子は怒らなかった。

「もし——よろしければ、詳しい話を聞かせて下さい」

と言ったのである。

たぶん、英子も、キャサリンが、どこか普通でない、と思っていたのだろう。

「ありがとう」

私は微笑《ほほえ》んで肯いた。「どうぞお食事を。それから、彼女の病室へ連れて行って下さいませんか。そばにいた方が安全です」

「分りました」

と、英子は肯くと、急いで食事を平らげてしまった。

「——あら、変だわ」

と、病室のドアの前で、英子が戸惑った。

「どうしました?」

私は、ちょっと緊張した。

「いえ——確かこの病室なんです。でも——札が出てないわ」

私は隣の病室のドアを見て、

「あっちじゃないんですか? 〈面会謝絶〉の札がかかってますよ」

と言った。

「え？——あら、本当だ。いやだわ。でも、確かにこの部屋だと……」

首をかしげながら、札の下ったドアを軽くノックして開ける。

「明りが——」

中は真っ暗だった。私は、明りのスイッチを手探りで押した。

「まあ——」

英子は思わず声を上げる。

ベッドは空だった。しかし、まるで人が寝ているかのように、毛布がかけられ、ふくらんでいる。

そして、私が目を見張ったのは、その枕《まくら》が、大きく切り裂かれ、中の詰め物が飛び散っていたからだった。

「これは——どうしたのかしら？」

英子は途方に暮れたように言った。

「ご心配なく」

と、ドアの所で声がした。

「まあ、どうしたの？」

振り向いて、私はびっくりした。そこに立っていたのは、ステッキを小わきにかかえたダルタニアンだったのである。

「ご安心下さい。キャサリンは隣の病室で静かに眠っています」

「というと……。そうか、分ったわ」

と、私は肯《うなず》いた。「あなた、ドアの札を、動かしたのね？」

「あれじゃ、ここにキャサリンがいますよ、と、わざわざ教えてやってるようなもんだ。しかも中の男性は、キャサリンに劣らずぐっすりとおやすみでね。僕が入って行っても、一向に気付かない」

「木村さんたら！」

と、英子が腹立たしげに言った。

「そこで、ごく簡単な策を用いましてね。〈面会謝絶〉の札をこの空室のドアへ移し、ここのベッドを、人が寝ていると見えるように作っておいたんです」

「危い所だったわね」

私は、切り裂かれた枕を見た。「――やった人間を見た？」

「残念ながら」

と、ダルタニアンが首を振った。「あちらの廊下を見に行った間の出来事でしてね」

私たちは、本当のキャサリンの病室へ入って行った。

十七歳。若々しい娘が、まるで瞼《まぶた》をしっかりと押えられてでもいるかのように眠っている。

椅子《いす》では、何も知らずに、木村というマネージャーが居眠りをしていた。

「危うく、彼女が第一の犠牲者になるところでしたな」

と、ダルタニアンが言った。

「何とか保護する手段を考えないと」

私は、眠っているキャサリンを見下ろしながら言った。

「——キャサリンをお願いします」

と、英子が言った。

振り向いた私は、英子の、真剣そのものの顔に出会った。

「今夜の内に——木村さんが眠っている内に、キャサリンを連れ出したらどうでしょう」

と、英子は言い出した。「私、戻ってみたら、キャサリンがいなくなっていた、ということにしておきますから」

「でも、あなたの立場がまずくなりませんか?」

「キャサリンの命の方が大切です」

英子は、ずっと年下の私に頭を下げた。「この子を守ってやって下さい」

私は、少し感動していた。

「分りました。必ず、この子を危険がなくなるまでお預りして、それからお返ししますわ」

安請合いは禁物ではあるが、しかし、英子の見せた真情に応《こた》えるには、そう言うしかなかったのである。

「じゃ、あなた、この子を運ぶ方法を考えてよ」

「お任せを」

ダルタニアンが得たりと微笑んだ。「ちゃんと担架も、救急車も用意してあります」

「救急車も？」

「近くの消防署から無断で借りてきました」

全く無茶をやるんだから！

私も、笑うしかなかった。

「冴子」

と、辻京子は言った。

返事はない。辻京子はため息をついて、

「アニー」

アニーだなんて！　まるでお子様向きアニメの声優にでもなったみたいだわ、と京子はうんざりしながら思った。

「呼んだかしら？」

アニー――三原冴子が、ソファから、ゆっくりと頭をめぐらした。

「ええ、呼んだわ」

京子は肯いて、「私、今夜はちょっと約束があって、出かけるの。構わないでしょ？」

「ええ、もちろん」

と、冴子はにこやかに微笑んで、肯いた。「ゆっくりしてらしてね」

「そうさせてもらうわ」

京子は、居間を出ようとして、振り向くと、「夕食はね、冷蔵庫に入ってるから、適当に温めて食べてね」

「私のことは心配しないで下さいな」

冴子が、のんびりした口調で言う。

京子は、その変なしゃべり方、やめてくれない、と叫びたいのを、何とかこらえて、寝室の方へと歩いて行った。

時計を見ると、七時半だった。——八時の約束。もう出ないと間に合わない。

京子はいつも恋人を十五分待たせることに決めていたから、この時間で仕度をして、ちょうどいいのである。

セーターとスカートを手早く脱いで、

「そうか、今夜は……」

たぶん、彼とホテルへ行くことになる。京子は、下着も全部脱いで、取り替えて行くことにした。

裸になったところで、鏡に映った自分を眺める。

——三十歳を過ぎているにしては、たるんだところもない、引き締った体つきである。

「あんたも本当にお人好しだわ」

と、京子は呟《つぶや》いた。

——辻京子は、三原冴子の同僚である。

年齢は冴子の方が一つ上だが、今の会社では京子の方が先輩で、ともかく七年間、毎日のように昼食を一緒に取った仲だった。

三原冴子が、突然会社で倒れ、意識が戻って、自分は「アニー」だと名乗ったときには、京子も他の同僚に劣らずびっくりした。

本当なら、こんな風に、自分のマンションに置いてやらなくてはならない義理などないのだが、そこは友情――それに加えて、三十過ぎてまだ独身という「仲間意識」もあって、しばらくここに置くことにしたのである。

冴子は、もちろん独り暮しで、東京には親戚《しんせき》もない。何となく、京子が引き取らなくてはいけないような成り行きになってしまったのだった。

しかし、何日か一緒にいて、京子は早くも自分の決心を後悔し始めていた。

まともな――といっては変だが――「三原冴子」となら、一緒に暮しても、そう窮屈ではあるまい。しかし、彼女は今、もう三原冴子ではないのである。

見も知らぬ、少し頭のおかしい女と二人でいるのは、何とも苛々《いらいら》させられることだった。

会社へやって来た、あの若い――心理何とか、だと言ってたっけ――あの勧めに従って、病院へ入れた方が、良かったかもしれない。当人のためにも。

しかし、そのときはつい反撥《はんぱつ》して、

「病院へ入れるなんて！」

と、突っぱねてしまったのだ。

今考えると、名刺ぐらいとっておくのだった。――気が変ったら、と、渡されたのだが、破って捨ててしまったのである。

正直、冴子のこの状態が、こう長引くとは、京子も思っていなかったのだ。――過労なんだわ、きっと。二、三日すれば、元に戻る……。

その見通しは甘かった。

今夜は恋人と、久しぶりのデートだった。たぶん――あくまで、たぶん、だが、今夜あたり、彼が結婚を申し込んで来るだろう、と京子は思っていた。

今夜だけは外《はず》せない。冴子も、別に寝たきりの病人というわけでなし、出かけても心配はない。

身仕度を終えて、京子は時計を見た。――今出ると、二十分遅刻というところか。まあいいだろう。

「じゃ、出かけて来るわよ」

京子は、居間の方へ声をかけた。「――冴子。アニー」

どっちにしても、返事はないはずだった。冴子は、ソファに横になって、眠っていたのだ。

京子は肩をすくめて、玄関へと歩いて行った。

マンションの五階に、京子の部屋はある。エレベーターで、一階へ降りて、表に出ると、

「まあ珍しい」

と、京子は呟いた。

ちょっと生暖い夜のせいだろうか。霧が出ていた。——昔のロンドンとは違うから、濃霧というわけではないが、東京にしては珍しい、スッポリと辺りを包むような霧である。

「ロマンチックでいいわ」

京子はそう呟いて、ふっと微笑《ほほえ》むと、歩き出した。京子の頭には、もう、これから会う恋人のことしか浮かばなかった……。

——京子の部屋で電話が鳴ったのは、その一時間ほど後のことである。

電話は、しばらく鳴って、一旦《いったん》鳴り止《や》み、それからまた鳴り出した。

ソファに横になっていた三原冴子が、目を開いた。

鳴っている電話の所まで行きつくのにしばらくかかったが、それを見ているかのよ

うに、電話は鳴り続けている。

受話器を上げると、冴子は、耳に当てた。

「——もしもし」

と、冴子が平坦《へいたん》な声で言った。「——はい、アニーです。——私です。——はい、分りました。——はい」

受話器をおろしたものの、きちんとフックに入らないまま、横へ滑り落ちてしまう。冴子はそれに気付かなかった。

「出かけなきゃ……」

自分へ言い聞かせるように呟いて、冴子は居間を出て行った。受話器から、ツーッーツーという連続音が鳴っていた。

廊下へ出た冴子は、エレベーターの方へ歩き出した。ちょうど下から上って来て、目の前で扉が開く。

「あら。——失礼」

荷物をかかえた女が降りて来て、入れ違いに冴子が乗る。女は、いぶかしげに振り向いたが、そのときはもう扉はスルスルと閉じていた。

「変な人だわ」

と女が首を振る。

それも当然だろう。冴子は、パジャマの上にガウンをはおっていて、しかも、裸足《はだし》のままだったのだから。

しかし、女は肩をすくめて、そのまま自分の部屋へと急いだ。

ともかく、マンションというのは、色々変った人種の住んでいる所なのだ。いちいち気にしちゃいられないのである。

――一階で、冴子は降りると、ロビーを見回し、誰《だれ》もいないと分ると、ゆっくりとロビーを横切って、正面玄関の方へ歩き出した。

昼間は受付に人もいるが、五時にはパッと帰ってしまうから、今は誰もいない。

「――霧だわ」

と、冴子は呟いた。

京子が出かけたときより、霧は濃くなっていた。

外へ進み出ると、左右へ頭をめぐらせる。

そう遅い時間でもないのだが、大体が人通りの多い道ではなかった。こんな霧のせいもあったのか、人っ子一人――いや――。

コッ、コッ……。

かすかに、近付いて来る足音があった。

冴子がそっちへ目を向けていると、やがて、街灯の光に白く漂っている霧の中に、ぼんやりと黒い影が浮かんで来た。

冴子は微笑むと、その人影の方へと歩き出した。

ガウンをまとった冴子の姿が、霧の中へ吸い込まれるように溶け込んで行き、もう一つの黒い影と、やがて重なったように見えた……。


「馬鹿《ばか》にしやがって!」

と、口走りながら、辻京子はハンドバッグを振り回した。

いくら振り回したって、その場にいない人間に当るはずもないのだが、京子としては、恋人に半分、自分に半分、その腹立ちを向けていたから、それでも良かったのである。

恋人? いや、もう恋人ではない。――といって、京子が予感していたように、「婚約者」にも「夫」にもならなかった。

こうして、夜中の一時とはいえ、自分のマンションに戻って来たのだから、ホテルに泊りすらしなかったのが分る。せっかく下着から替えて行ったのに……。

そう。結局、京子は振られちまったのである。

向うは、今年二十三歳の、某名門私立女子大出の令嬢と結婚することにしたのだった。

「フン、何が令嬢だい！」

と、京子は、もつれた舌で悪態をついた。「重役の娘もらって、尻《しり》に敷かれりゃいいんだ！　ざまあみろ！」

これはどう見ても「強がり」というやつである。――大分、やけ酒が回っているのも、京子の身になってみりゃ当然であろう。

「独りは気楽だ。そうよ。――亭主のグチ聞いたり、酔って帰って来たのを面倒みたり……。そんなこと、やってらんないよ！」

――はて、どこだ、ここは？

霧はもう、ほとんど晴れていた。タクシーに乗ったはいいが、眠り込んでしまって、ハッと目が覚め、

「降ります！」

とやって――降りてみたら、マンションまではまだたっぷり、歩いて十五分はあった、というしまらない話なのだ。

「ああ――そこが我が家だ。我が家はいいわねえ……」

マンションの入口が見えていた。

ふらつく足を踏みしめて、京子は歩いて行ったが……。

「おっと――」

何かにつまずいて、前のめりに転びそうになる。酔っ払っていたことを考えれば、何とか倒れずにすんだのは立派なものである。

誰かが倒れている。道の端に寄っているが足を投げ出すようにしているので、京子はそれにつまずいたのである。

「何よ。――酔っ払い？　いやねえ」

自分だって酔っ払っているのだ。

肩をすくめて、そのまま歩き出そうとしたが……。ふと、眉《まゆ》を寄せて、京子は足を止め、振り返った。

街灯の光は、その足しか照らしていなかったが、――裸足だった。しかも、女の足……。白い足首が見分けられる。

京子は、恐る恐る、戻って行った。

目が慣れると、女だということがはっきり分る。しかも、着ているのはガウンらしい。

見覚えのあるガウンの柄だ。

まさか。——冴子？

「冴子……」

か細い声で呼んでみる。「ね、冴子……なの？」

顔の方は、暗くて見えないのである。

車の音がした。ライトが、歩道の上を滑るように走って来て、倒れた女の顔を一瞬照らし出した。

京子はよろけた。——目を大きく見開いて、口は開いても、声にはならなかった。

今のは——今のは現実か？

ああ、冴子！　冴子の顔——。でも——でも——どうしたというんだろう？

喉《のど》が、まるで切り裂いたようにパックリと開いて、真赤な血潮が、胸から肩から、ガウンのほとんど半分近くまで広がっている。

幻じゃなかったのだろうか？　あんな恐ろしい——あんな残酷なことが——。

「誰か……誰か来て……誰か来て……」

京子は叫んだ。いや、叫んでいるつもりだったが、その声は、ごく当り前の大きさでしかなかった。

京子は明るいマンションの入口の方へと、よろけながら、必死の思いで歩いて行った……。

「私のせいだわ」

TVのニュースが終ると、私は呟《つぶや》いた。

「いや、あなたのせいではない。――どうしようもなかったことだ」

と、ホームズ氏が言った。

「そんなことはないわ。無理にでもあの女性を第九号棟へ連れて行けば……」

「そんなことをすれば、却《かえ》ってあなたが疑われた。あなたの判断は間違っていませんよ」

私は、TVを消した。

「ついに犠牲者第一号ね」

「これで、ジャックの存在もはっきりしたわけだ」

ホームズ氏の口調は、おっとりしているが、顔はいつになく厳しい。

屋敷の居間だった。

三原冴子が殺されたと知って、急いでホームズ氏を迎えにやったのである。

「――お嬢様」

と、大川一江が顔を出す。「白川さんと朝田さんが」

「通して。ダルタニアンが来たら、すぐここにね」

と、私は言った。

白川美子と朝田が足早に入って来た。

「やられましたね」

と、朝田が言った。

「そう。アッサリとね」

私は肯《うなず》いた。「これ以上は殺させないようにしなくては」

「警察の方は、手がかりをつかんじゃいないようです」

と、朝田は美子と並んで腰をおろしながら言った。「変質者のリストを洗っている
そうですから」

「気の長い話だ」

と、ホームズ氏がため息をつく。「しかも、あの女性がアニーと名乗っていたこと

を、切り裂きジャックの一件と結びつけておらん。これでは解決は覚つかないな」

「それにしてもひどいわ」

美子が顔を歪《ゆが》めて、「喉《のど》が切り裂かれていたんですってね。ほとんど切り離されそうに……」

「百年前と同じだよ」

と、ホームズ氏は言った。「ただ、彼女は本来なら二番目の犠牲者だった。ジャックの方も、その点は口惜しかろう」

「差し当り、やるべきことははっきりしてるわ」

と、私は言った。

「残る一人、エリザベスを第九号棟へ入れることですね」

と、朝田が言った。

「その通り。メアリの二人と、キャサリンは大丈夫。——良かったわ、キャサリンを、入院させておいて」

「しかし、エリザベスは困りましたね」

と、朝田が言った。

そう。——エリザベスは今もって身許《みもと》が不明なのである。

だから、警察の方で保護したままなのだ。引き取るのも容易ではない。

「警察にいれば安全じゃありません？」

と、美子が訊《き》く。

「そうでもないのよ。監視がついているわけじゃなし、まさか殺されるとは思っていないでしょうしね」

「病院へ移すでしょうね、そろそろ。これ以上、届出がなかったら」

「そうね。――病院に移ったら危いわ。何とかその前に……」

私は首を振って、「こっちがその女性の家族だと証明できないと、渡してくれないでしょうからね」

しばらく、誰《だれ》も口を開かない。重苦しい沈黙だった。

「――仕方ないな」

と、ホームズ氏が言った。

「何かいい考えが？」

私の問いに、ホームズ氏は思いがけず微笑《ほほえ》んだ。

「誘拐《ゆうかい》して来るしかないですな」

ホームズ氏があっさりと言った。

一江が、紅茶を運んで来た。——私は、やっと息をついて、

「びっくりさせないで!」

と言った。「本気なの?」

「他に手がありますか?」

ホームズ氏は、紅茶を自分でポットからカップに注いだ。「殺されるよりはいい」

「そりゃそうだけど……」

パチパチと手を叩《たた》く音がして、入って来たのはもちろんダルタニアンである。

「そうなれば私の出番だ!」

「呑気《のんき》なこと言って。——簡単じゃないわよ」

「だからこそ面白いのです」

と、ダルタニアンは、クルリとステッキを回した。

「——分ったわ」

私はため息をついた。「やるしかないようね。——あなた方、どうする? 失敗したら、誘拐罪で逮捕されるかも」

「やりますわ。姉さんのためにも」

「僕もです」

と朝田が美子の肩に手を回す。

「となると、機会は病院へ移すときだな」

ホームズ氏は朝田の方へ、「それがいつになるか、調べてくれるかね?」

「すぐ当ります」

「よろしい。ダルタニアン、実行は君に任せるしかないようだ」

「他の人間に任せる気はしませんな」

ダルタニアンが優雅に頭を下げた。

私も、やっと少し、落ち込んだ気分から立ち直っていた。ダルタニアンの明るさは、いつも救いになる。

「必要なら、私も手伝うわ。——美子さんは、聞込みを続けてちょうだい」

「ええ、でも——」

と、少し不満な様子である。

「何か意見があるなら、言って構わないのよ」

と、私は言った。

「別に意見というほどのものじゃないんですけど……」

「言ってみて」

美子は、ちょっと肩をすくめて言った。

「聞込みだけなんて、スリルがなくてつまらないわ」

――私は、どうも白川美子に悪い影響を与えたような気がして、少し気が咎《とが》めたのだった……。


北山が入って来た。

美子は、つい反射的にソファから立ち上っている。本当なら、北山は義兄なのだ。いちいち、かしこまって挨拶《あいさつ》するという間柄ではないはずだが、北山の場合は別である。

「やあ」

北山は、ニコリともせずに言った。「何か用かね」

これには、美子もいささかムッとした。

「もちろん、姉の様子をうかがいたかったんですわ」

「恵子の？ それなら、あの病院へ問い合せちゃどうかね」

美子は、信じられないという顔で、

「でも――お訊きになっていないんですか？ 奥さんの容態を――」

「君は素人だから分らんだろうが、ああいう病気はそう簡単に治るものじゃないんだよ。もちろん、私も気にはしているが、何しろ忙しいものでね」

美子は、じっと北山を見据えて、

「ずいぶん冷たいおっしゃり方ですね」

と言った。

精一杯の批判である。

「医者はいつも冷静でいるのに慣れてるのさ」

北山は、平然としている。「ああ、それから、自宅の方へも寄るかね?」

今、美子たちがいるのは、北山の病院の中の、居住用の場所で、自宅はここから五、六分の所にあった。

「もしよければ」

「寄ってやってくれ。美保が寂しがって困るんだ」

北山は腰を浮かして、「じゃ、まだ回診の途中なんでね」

「待って下さい」

美子は強い調子で遮って、「いつもそうやって逃げてしまうんですね」

と言った。

「妙なことを言うね」

北山は、初めて笑みらしいものを浮かべて、また腰を落した。「私はただ忙しいだけさ。逃げる必要などない」

「だったら、質問に答えて下さってもいいんじゃありません？」

「君が質問するのかね？　質問は恵子の方へするべきだろう」

「妻の病気――特に精神的な病気に、夫が無関係とは思えません」

「なるほど」

北山は、別に怒る様子もなく、手を胸の前で組み合せた。「それは一理あるね。――質問というのは？」

「姉がおかしくなる徴候のようなものはありませんでしたか？」

「気が付かなかったね」

と、北山はあっさりと答えた。「次の質問は？」

美子は、よっぽど北山にかみついてやろうかと思った。それを何とかこらえて、

「メアリ・ジェーン・ケリーという名に心当りは？」

「ない。それはもう病院の方で答えたよ」

北山は肩をすくめると、「大して役に立てそうにないね」

と、立ち上った。

今度こそ、美子はカッとした。こんな冷たい夫がいるだろうか？

美子はキーッと爪《つめ》を立てて北山を引っかき——はしなかった。その代り、

「切り裂きジャックならご存知でしょ」

と言ってのけたのだ。

もうドアの方へと歩きかけていた北山は、足をピタリと止めて、美子の方を振り返った。

「——何だって？」

そこには、ただ、意外なことを聞いたという以上の何かがあるような気がした。

五十に近いにしては、北山はほっそりとした、背の高い西洋人風の体つきで、顔にも、どことなく外国の血を思わせるものがあった。

特に、鋭い目は、どこかアラブあたりの血統を思わせる。

その黒い瞳《ひとみ》で、ジロッと見つめられて、一瞬、美子はゾッとすると同時に、目をそらしてしまった。

「君、今何と言ったね？」

北山は、打って変った真剣さで訊いて来たのである。

「切り裂きジャック、と言ったんです」

「昔の殺人者のニックネームじゃないか。そんなものが、恵子とどういう関係があるんだ?」

「それはまだ分りません」

と、美子は言った。

「しかし、なぜそんな名を出したんだ?」

興味を持っているのだ。なぜだろう? 今までは、妻のことなどどうでもいい、という調子だったのに。

「姉の名乗った、メアリ・ジェーン・ケリーというのは、切り裂きジャックに殺された女の一人の名前だからです」

しゃべっていいのかどうか、迷いはあったが、ここまで来たら、言わないわけに行かない。

「切り裂きジャックか……」

北山は、何とも言えない、固い表情を崩さなかった。

ついでに、美子はもう一押ししてみることにした。いや、考えるより早く、言葉が出ていたのである。

「切り裂きジャックの正体は外科医だった、って説があるんですよ」

「なるほど」

北山の顔に、元の尊大な色が戻っていた。「しかし、残念ながら、私は外科が苦手でね」

そう言い捨てて、北山は、居間を出て行ってしまった。

美子はホッと息をついた。——正直なところ、北山とゆっくり話などしたことがないのだが、それでも色々な機会に顔は見ている。

しかし、今、「切り裂きジャック」という言葉を耳にしたときの、まるで目の前にナイフを突きつけられたような、ハッとした表情は、美子が初めて目にしたものだった……。

「何かあるんだわ」

と、美子は呟いた。

胸が高鳴っていた。初めて、聞込みに「手応《てごた》え」があったのだから！

北山の病院を出るとき、美子は、受付わきの赤電話で、鈴本芳子の屋敷へ連絡を入れてみた。

芳子は不在で、大川一江が出たので、今の件を言づけておく。

「気を付けて下さいね。今日はお一人なんですから」

と、一江が心配してくれる。

「ありがとう。大丈夫よ、私は」

と美子は言った。

「これからどちらへ？」

「姉の自宅の方。美保ちゃんの顔を見ようと思って」

「まあ、それなら安全ですね」

と一江が楽しげに言った。「どうぞ、お気を付けて」

「ありがとう」

美子は電話を切り、病院を出て、北山の自宅の方へと歩き出した。

もちろん、自宅も立派なものである。まあ鈴本芳子の屋敷とは、ちょっと比較できないにしても、個人病院を経営する医師としては相当な邸宅だと言っていいだろう。

「美保ちゃん！」

と、美子は、ちょうど庭の芝生で遊んでいる美保を見付けて手を振った。

美保は喜んで飛んで来た。

「美子姉ちゃん！」

もちろん、厳密には叔母であるが、「おばちゃん」とは絶対に呼ばせまい、と美子は決めていた。

「一緒にボールけりやろう！」

「よし、やろうか！」

美子は、たちまち美保と一緒に童心に帰ってボールを追いかけていた。

正直なところ、美子は、姉が妹と同じ「美」の字をつけたこの姪《めい》のことが、可愛くてならない。

美保の方も、美子にはすっかりなついている。特に、母親のいない今は……。

「――もうだめ！」

美子が先に音を上げた。「少し休もう！　お姉ちゃん、死にそうだ！」

ハァハァ喘《あえ》ぎながら、芝生に、構わず、ドサッと座り込む。

「運動不足だなあ……」

とため息をついていると、美保が、ボールをつかんだまま、何だかいやに哀《かな》しげな目つきで、美子を見ている。

「――どうしたの？」

と、美子が訊くと、急に美保の顔が歪んで……ワーッと泣き出してしまったのである。

「美保ちゃん――ほら、どうしたの？――何を泣いてるのよ！」

あわてて美子が抱いてやると、美保はしっかりとしがみつくようにして、

「お姉ちゃん――死んじゃいやだ！」

と叫んだ。

「お姉ちゃんが？　死なないよ。大丈夫よ」

「――本当？」

と、涙でくしゃくしゃになった顔で見る。

「本当よ。約束する。でも、どうして？」

そう訊いてから、美子はハッとした。――そうか。

さっき、つい、「死にそうだ」と言ってしまった。それを美保は真に受けたのだろう。

「ごめんね。お姉ちゃん、死んだりしないからね。本当だよ」

と、美保の涙を拭《ふ》いてやる。

「絶対に？」

「うん、絶対に」

「ママみたいに死なないでね」

美保の言葉に、美子はギクリとした。

「ママは死んでなんかいないわよ！　ご病気で入院してるだけ。死んだりするもんですか！」

「そう……？」

と、不思議そうに、「でも、パパが――」

「パパが何て言ったの？」

「ママはもう二度と帰って来ないんだよ、って。死んじゃった、ってことでしょ？」

――何て無神経な父親！

美子は、今度こそ猛烈に頭へ来た。

「いいわ」

と、力強く肯いて、「じゃ、お姉ちゃんが、ママに会わせてあげる」

「本当？」

美保の顔がパッと太陽のように輝いた。「凄《すご》い！　本当のママ？」

「そうよ。ただね、ママはご病気だから、もしかしたら、美保ちゃんのこと、分らないかもしれない。でも、それはご病気のせいなのよ。分る？」

「うん」

「ご病気が治ったら、ママはちゃんと元の通り、美保ちゃんを愛してくれるわ」

「ママ、どこの病院？ パパの病院にいるの？」

「違うわ。じゃ、一緒に行こうか」

「うん」

「じゃ、ともかく、その前にお手々を洗うのよ」

「うん！」

美保は、まだ涙で汚れた顔に、一杯の笑いを満たして、家の中へと駆け込んで行った。

「分らないわね」

と、私は言った。「いくら眺めても。共通点なんか、見付からないわ」

「そこなんですよ」

と、ホームズ氏は言った。「各人に、表立った共通点はない。ジャックの被害者を名乗っているという一点を除いてはね」

「でも、何か理由があるはずだわ」

と、私は部屋の中を歩き回りながら言った。「つまり、メアリとかアニーとかじゃなくって、岡田君江、三原冴子、門倉ルミ、北山恵子に共通するものがあるはずなのよ」

――ここは第九号棟の中のサロンである。

ここへ入ると一生外へ出られない、というだけあって、あらゆる設備には事欠かない。

特に、いい家庭の出の患者が多いので、お金はたっぷりとかけてあるのだ。

「つまり、外見や社会的条件でなく、精神的な面で共通するところがある、ということでしょうな」

と、ホームズ氏は肯いた。

私は、時計を見やった。

「そろそろ時間ね。――うまくやってくれるかしら?」

「ダルタニアンなら大丈夫。それに、朝田という青年もついている」

「私も行けば良かったわ。じっとして待ってるってのは、性に合わないのね」

「あなたを危険な目に遭わせるに忍びないと思ったんでしょうな」

ホームズ氏はニヤリと笑った。

「ねえ、――拳銃《けんじゅう》はお持ち?」

「もちろん」

「くれぐれも気を付けて、もし、バファロー・ビルなんかが見付けたら一大事だわ」

「ご心配なく。アニー・オークレーなら、本当に射撃の腕もいいのだが」

「こんな所でぶっ放されたら、物騒でかなわないわ」

と私は言って、手近なテーブルの上の雑誌に手を伸した。――とたんに、ヒュッと風を切る音がして、その雑誌が消えてなくなっていた。

「聞いたわよ」

長いムチを手に立っている若い女が、アニー・オークレー。新顔の一人である。アニーといっても、三原冴子の「アニー・チャプマン」とは違う。かつてアメリカ西部で名を知られた、女ガンマンである。

「な、何を?」

「とぼけないで。拳銃があるんですって?」

「そ、そんなもの、あるわけないじゃない」

と、私はあわててごまかした。

「隠したってだめよ。私はね、どんなわずかの火薬の匂《にお》いでも、ちゃんとかぎつける鼻を持ってるのよ」

「犬みたいね」

——賞《ほ》めたつもりが、却《かえ》ってプライドを傷つけたらしい。

「私を犬ですって！」

と目をキッと吊り上げ、「許せないわ！　決闘よ！」

「ちょっと待ってよ。私、忙しいの」

「ナイフでもムチでも、好きなものを選ばせてあげるわ」

と、アニーは寛大な言葉を吐いた。

「ポーカーじゃだめ？」

と、私は言ってみた……。

サロンに、急にゾロゾロと人が集り始めた。

私は、近くにいたロベスピエールに訊いた。

「——どうしたの？」

「ブルジョワ音楽をやるんだとさ」

と、革命の闘士は、ふくれっつらで、「下らん！　大衆のための音楽をやるべきだ！」

拳《こぶし》をふり上げるのは、くせなのである。

「ははあ、先日入ったリストだな」

と、ホームズ氏が言った。「かなわんね。出ようか」

ピアノの名手でもあったリストだが、ここの「リスト氏」は徹底した「偶然音楽」というか……。要するにピアノが弾けないのである。

それでも、きちんと黒服に身を包んで来ると、いかにも音楽家らしく見える。

「全く、今の人は礼儀を知りませんね」

小太りのおばさんが憤然として、「私のためにロイヤルシートを用意しないとは！」

ヴィクトリア女王なのである。ただ、残念ながら、お付きの召使や侍女はいないのだ。

まあ、気晴しになるというのか、リスト氏の、理解不能の音楽にも、数十人の患者が集って、私たちも自然、そこから動けなくなった。

リスト氏がピアノに向かって、思い入れたっぷりに弾き――いや、叩き始める。

「やれやれ……」

ホームズ氏が苦笑する。

やはり、ヴァイオリン愛好家のホームズ氏としては、聞くに堪えないのだろう。

「またですか」

と、声がした。

私はびっくりして振り向いた。

「ダルタニアン！」

私は思わず大声を出して、

「シーッ！」

と聴衆からたしなめられた。

「どうしたの？　誘拐の方は？」

と、声を低くして訊く。

「ご紹介します」

ダルタニアンが、後ろに立っていた女性を、前へ押し出し、「エリザベス・ストライドさん」

「初めまして」

ちょっと上品な、一見したところ教師風の女性である。年齢は——三十前後か。

「それにしても、いつもながら、みごとなものだな」

ホームズ氏が満足げに肯く。

「本当。問題なかったの?」

「大したことは」

「じゃ、小さなことはあったのね?」

「タイヤを二、三、パンクさせただけです。けが人は出ません」

「本当でしょうね」

私は、ちょっと笑いながら、ダルタニアンをにらんでやった……。

「ひどいわ」

と、エリザベスが言った。

「え?」

「あのピアノ。――誰が弾いてるのかしら」

「あれはリスト氏ですよ」

と、ホームズ氏が言うと、エリザベスは首を振って、

「とかく伝説と現実は食い違うものなのね」

と言った。

私は、何となくおかしくなって、笑い出しそうになるのをこらえていた。言ってい

る当人だって、すでに伝説の中の――それも殺された「被害者」なのだから。

「聞くに堪えないわ」

と言うと、エリザベスが、人の間をかき分けて、ピアノの方へ歩いて行く。

「ね、ホームズさん、エリザベス・ストライドって、音楽的素養があったの？」

「さてね。売春婦ですから、身許《みもと》の方ははっきりせんのですよ。被害者の中で、一人だけの外国人――つまりイギリス人でなかったようですがね。スウェーデン生れだというから、小さいころはピアノぐらい習っていたかもしれない」

「なるほどね。でも――」

見ていると、エリザベスは、一心にピアノに向って思いのたけをぶちまけているリスト氏の肩をポンと叩き、

「なってないわね」

と言った。「大体手の形が悪いわ」

「うるさいね」

リスト氏が眉《まゆ》をひそめる。「君は何者だね？」

「私はエリザベス」

「ふん。あっちにヴィクトリアがいるから、二人で征服ごっこでもやって来たまえ」

エリザベス女王一世のことと勘違いしているのだ。

「あなたのピアノのテクニックはなってないわ。どいてごらんなさい」

有無を言わせぬ調子で、エリザベスはリスト氏をピアノの前から押しやると、椅子《いす》に腰をおろした。ピンと伸びた真っ直《ます》ぐな背筋、そして鍵盤《けんばん》に置いた両手……。

「こいつは弾けそうだな」

と、ホームズ氏が言った。

とたんに、その古ピアノから、信じ難いような音が叩き出されて来て、私は仰天した。

「こりゃ凄い！」

音楽の方は、恋人の窓の下で歌うセレナーデぐらいしか分らないダルタニアン（それも、やるときはやるときは吹き替えである）が、目を丸くした。

そう。——これは並の腕前ではない。

ちょっとピアノをかじったぐらいの人に、こんな音は出せまい。これはどうみても、プロ級の腕前だ。

「この人、きっとピアニストなんだわ。それとも、どこかの音楽学校の教師か……」

と、私はダルタニアンに言った。

「あの朝田って男に調べさせましょう」

「そうね。——彼、どこに？」

「向うにいますよ。彼女が来るのを待ってると言って」

「あ、そうだわ」

いつまでも、ピアノの演奏に聞き惚《ほ》れているわけにもいかない。

私は、サロンを出た。

「ご苦労様」

と、朝田に声をかけた。

「あ、いえ、とても楽しかったです」

と言いながら、朝田が顎《あご》をさすっている。

「どうしたの？　あざになってるわ」

「ダルタニアンが少々無茶をするもんですからね」

と苦笑いして、「病院車の前に、借りた車を突っ込ませて……」

「呆《あき》れた。やっぱり何かやらかしたのね」

私はため息をついた。

「いや、しかし痛快でしたよ。『ヤッホー』とか叫んで、まるで馬に乗ってるみたいでね」

「よく生きて帰って来たわね。――美子さんは？」

「さっき電話がありましてね、こっちへ、美保ちゃんを連れて来ると。――でも、遅いな、もう来てもいいころだけど」

この第九号棟には、電話がついている。もちろん、本来はなかったのだが、私がこの病棟の外、できるだけ近い所に別荘を建て、そこに引いた電話を、親子電話にして、この中へ持って来ているのである。

工事はまあ、至って簡単であった。何しろアルセーヌ・ルパンとか、色々手先の器用な人が揃《そろ》っているのだ。

「トンネルの向うへ行って、待っていましょうか」

と、私は言った。「いいわ、私、向うに行ってる。あなたはここにいて。もちろんホームズさんかダルタニアンはいるけど、万が一のときには、何しろ守らなきゃならない人が四人もいるんだから」

「分りました」

と、朝田が肯いた。

私は早速地下室へ降りて行った。

「やあ、どうも」

相変らず、エドモン・ダンテスが、薄暗い中に座り込んでいる。

「新しいトンネルの方はいかが?」

と私は訊いた。

「なかなか進まなくてね」

とダンテスは首を振った。「できるだけ遠くに出られるようにしたいんでね」

どうせなら、銀座あたりへ出てくれると、買物に楽だわ、などと私は考えていた。

「ちょっと通らせて」

「どうぞ」

ダンテスがどいて、その下の石を持ち上げると、地下の通路への入口がある。

「——戻ったら、叩いて下さい」

「そうするわ」

私はトンネルの中へと降りて行った。

最初は、本当にただの抜け穴だったのが、今は通路と呼んで恥ずかしくない、立派な(?)ものになっている。

ダルタニアンたちも手伝って、ちゃんと下に石を敷きつめ、天井も高くして、板を張り、今じゃ、明りまで点《つ》いているのである。

それどころか、第九号棟にいるピカソに頼んで、壁画や天井画を描いてもらった！

本物だったら、このトンネルは、何十億円の価値になるに違いない。

このトンネルの出口は、前には林の中だったが、そこに私が別荘を建てたので、今では別荘の中へと直接出られるようにしてある。

階段を上って、小部屋へ出る。ここが、別荘の寝室の洋服ダンスの裏側である。

「よいしょ、と」

扉を開けて、洋服ダンスの中へ。そこから寝室へと出る、というわけだ。

洋服ダンスから床へ降りて、息をつくと、

「——お嬢様」

「キャッ！」

私は飛び上ってしまった。「——一江さん！　ああ、びっくりした」

と、胸を撫《な》でおろす。

「すみません、おどかすつもりじゃなかったんですけど……」

「いえ、いいの。——何かあったの？」

大川一江がここへやって来るというのは、よほどのことだ。

「実はさっき電話が」

「誰から？」

「男の声――らしいんですけど」

一江は、カセットレコーダーを持って来ていた。

「テープを持って来ました。これなんです」

一応探偵事務所であるから、すべての電話をテープに録《と》るようにしているのだ。

「もしもし」

「鈴本でございますが」

「よく聞くんだ」

男の声らしい、と一江が言ったのも分る。ひどくこもって、変な声なのである。

「は？　どなたですか？」

「白川美子と、北山美保は預かったぜ。分ったかい？」

私は愕然《がくぜん》とした。

さすがに、一江の応対は落ちついている。

「それで、ご用件は？」

「あんたの主人に伝えとくんだ。二人の命を助けたけりゃ、あの四人を外へ出せ」

「どういうことでしょう？」

「そう言や分るさ。いいか、まず明日の夜、一時に、Kビルの地下の駐車場へ、メアリ・アン・ニコルズを連れて来るんだ。一時だ。遅れると、二人の内、一人は死ぬことになるぜ」

「もしもし――」

電話は切れた。

私は、唇をかみしめた。

せっかくエリザベスを誘拐して来たと思ったら、美子たちが誘拐されてしまったのである。

「――明日の一時、ね」

と、私は呟いた。

# 変　装

「行くしかあるまい」

と、ホームズ氏は言った。

「だけど――」

と私は言いかけて、やめた。

確かに、美子と美保、二人の命がかかっているのだ。放ってはおけない。

「僕がついているべきでした」

と、朝田が沈み切っている。「美子は大体無鉄砲なんだから！」

その点では、私はあまり他人のことは言えない。――それにしても、向うもなかなかやるものだ。

「少々、敵を甘くみていたかもしれない」

と、ホームズ氏が言った。「向うは、これまでのところ、そう機敏に動いていなかった。しかし、こっちが動いていることを、敵も気付いたのだ」

「どうしてかしら？」

「分らん」

ホームズ氏は首を振った。「しかし、ここへ入院したことを知っている人間は何人もいるわけだからな。ジャックの奴《やつ》が、かぎつけても不思議はない」

「そうね」

私はため息をついた。

――別荘の中の居間である。普段はあまり使っていないが、一応、いつでも住めるようにはなっているのだ。

「差し当り、明日の夜中の一時。どうします？」

と、朝田が訊《き》いた。「何とかして、彼女を助けないと」

「もちろんだ」

ホームズ氏が力強く肯《うなず》いた。「こちらで引きずり込んでしまったのだ。責任を持って、彼女たちは助け出す」

「いや、彼女自身は覚悟してますよ」

と、朝田は首を振った。「ただ、僕が――何しろ首ったけなもので」

こんな所での愛の告白も妙なものだが、この場合は、むしろ感動的ですらあった。

「まだ時間はある」

と、ホームズ氏が言った。「明日一杯、ジャックの正体を突き止めるために動けるわけだ」

「でも、一日では……」

と、私は考え込んだ。「もし、手がかりがつかめなかったら、どうする？」

「そのときは、一時に、出向いて行くしかあるまいね」

「そうなったら、こっちのもんだ！」

と、朝田が急に張り切り出した。「隠れていて、奴を取っ捕まえて、首ねっこを引っこぬいて――」

「ちょっと落ちついて」

と、私はたしなめた。「ダルタニアンの悪影響だわ」

この場にはダルタニアンはいなかった。第九号棟の方で、警戒しているはずだ。

「そこも、どうにも腑《ふ》に落ちん」

と、ホームズ氏がパイプをくわえて、言った。

「何が？」

「ジャックだって、当然こっちが一人でないことぐらい分っている。——それでいて、のこのこやって来るとは思えませんよ」

「でも……」

言われてみればその通りだ。「じゃ、あっちも何か計略を?」

「でも、頭がおかしいんだから、そこまで考えちゃいないんじゃないですか」

と朝田が言った。「だから、取っ捕まえて、首を引っこぬいて——」

「希望的観測は許されない」

と、ホームズ氏が言った。「人の命がかかっている。いかなる事態でも対処できなくては」

「やっぱりメアリ——岡田君江を連れて行く?」

「そうしなくてはならんでしょうな」

「危険ね。——でも、連れて行かなきゃ、もし相手に逃げられた場合、美子さんたちの命が——」

私はふと思い付いて「ねえ、私じゃだめ?」

「というと?」

「私が岡田君江さんになればいいのよ」

「それはもっと危険ですよ」

と、朝田が言った。「大体、もしあなたがやられたら――」

「それは探偵だもの、覚悟の上よ」

と気取っては見せたが、もちろん、死にたいわけじゃない。

「向うは、岡田君江の顔を知っている、と思った方がいい。替え玉はすぐに見破られるでしょう」

と、ホームズ氏は言った。

「でも……」

「待ちなさい」

ホームズ氏は立ち上ると、「替え玉なら、もっと適任なのが、第九号棟にいる」

私は、思わず大きく肯いた。

「いい考えだわ！　でも――協力してくれる？」

「話してみましょう」

ホームズ氏は、微笑《ほほえ》んだ。

「僕が探偵の仕事を手伝うのかね」

と肩をすくめたのは、他《ほか》ならぬアルセーヌ・ルパン氏。

まだ新顔だが、元役者で、扮装《ふんそう》にかけても名人である。大体、それが行き過ぎて、ここへ入れられてしまうはめになった、という人物だ。

「頼むよ」

ホームズ氏は、ルパン氏のベッドの傍に椅子《いす》を持って来て座った。「どうしても君の力が必要なのだ」

「考えてもみろよ。僕と君とは、敵同士じゃないか」

「それは違う。あれはモーリス・ルブランが勝手に私を君の敵に持ち出しただけだ。私の方では、君と争う理由は何もない」

「ま、そりゃ分ってるが……」

と、ルパン氏が退屈そうに天井を見上げて言った。

「お願いよ、ルパンさん」

と、私が進み出て「あなたは弱い者をいじめたりしない怪盗でしょ？　それに、バーネット探偵社を開いてたこともあったじゃないの」

「よくご存知で」

ルパン氏が嬉《うれ》しそうに言った。――大体、こういう伊達男《だておとこ》は、女性に賞《ほ》められると、やたら気を良くするものである。

「だから、ぜひ協力して。——ね？」

「条件が一つ」

と、ルパン氏がベッドに起き上る。

「なあに？」

「あなたのキスです」

「まあ——」

私はちょっと笑って、ルパン氏にキスをした。すると、ルパン氏がスッと離れて、

「あなたには困ったもんだわ」

と言った。

私のしゃべり方、声をそっくり真似《まね》ているのだ。

「——驚いた！」

部屋の入口で見ていた朝田が唖然《あぜん》とした。「まるで——あなたがしゃべったみたいでしたよ」

「そうでしょう？」

ルパン氏が、今度はパッと立ち上って、「僕は何としても、あの人を助け出すん

だ！」

これは当の朝田の真似である。私は思わず吹き出してしまった。

顔や体つきは似ていなくても、姿勢、表情、仕草などで、全くその人のような印象を与えてしまうのである。

「――ＯＫ。協力しよう」

と、ルパン氏は自分に戻って（？）言った。「で、誰《だれ》をやればいいんだね？」

「メアリ・アン・ニコルズと名乗っている女性だ。知ってるかね」

「ああ、分る。――よくここのサロンで本など見ているよ。時間は明日一日あるわけだな？」

「夜中の一時だ」

「充分だ」

と、ルパン氏が肯く。「一日、よく彼女を観察しよう。それから、服を。彼女と同じものを僕のサイズで作らせてくれ。靴もね。髪は僕が自分で作る」

「よろしく頼むよ」

ホームズ氏が、ルパン氏の手を握った。

シャーロック・ホームズとアルセーヌ・ルパンの握手とはね！

「任せてくれたまえ、ワトスン君」

ルパン氏がホームズ氏を真似て言った。

私が思わず笑い出すと、ホームズ氏はいささか複雑な表情で、

「私はこんなに気取っていますかね？」

と言った。


ホテルのラウンジに入って来た英子は、すぐに私を見付けて、急ぎ足でやって来ると、

「キャサリンは？」

と、座るなり、言った。

「無事ですよ。ご心配なく」

と、私は言った。

英子は、ホッと息をつくと、手にしていた新聞をテーブルに置いた。

「これは、もしかして……」

そこには、三原冴子――アニー・チャプマンを名乗っていた――が惨殺された事件が載っていた。

私は肯いた。

「キャサリンを狙《ねら》ったのと同じ犯人だと思います。間違いありませんわ」

「あなたにお任せして良かったわ」

英子は、やっと笑顔になった。

私は黙って微笑んだ。――今夜の首尾如何《いかん》では、どういうことになるか、予測がつかないのだ。しかし、今そんなことを話すわけにはいかない。

「――そちらの様子は？」

飲物が来て、ちょっと気楽な調子で、私は言った。

「マネージャーの木村さんは、もうノイローゼ寸前。社長は血圧が上って倒れそうですわ」

と、英子は、むしろ愉快そうに言った。

「まあ、大変ですね」

「いいんですよ。少しは薬になるわ」

「手厳しいですね」

英子は、ちょっと暗い表情になって、

「だって、考えてみれば残酷な商売ですもの。右も左も分らないような子を、寄ってたかってスターにして、人気がある内は、寝る間もないくらいこき使って、人気がなくなったら、もう知らない、っていうんじゃね。――なまじスターになれずに終ればいいんですよ。元の普通の学生にでも戻れるから。でも一旦《いったん》スターの座についてしまったら……。そこで何年も生き残れるのは、ほんの一握りなんですから。私たち、ずいぶん大勢の女の子たちの人生を狂わせて来たような気がして……」

英子は、じっと私を見つめると、「キャサリンには、ルミには、そうなってほしくないんです。ともかく、どうなろうと、生きていてほしいんです」

「力を尽くしますから」

と、私は肯いた。「でも――驚きましたわ。あなたのような――といっちゃ失礼ですけど、そういうお仕事をなさっている方が、そこまで考えつめてらっしゃるなんて」

「実は前例があるんです」

と、英子が言った。

「前例？　どういうことですか？」

私は、興味を持った。

英子は、本番のとき突然泣き出して、そのまま消えて行ったアイドルタレントのことを話してくれた。

「――普通は、そばについている私たちなんかに当り散らしたりして、苛々《いらいら》を解消するんですけど、そういうことのできない子だったんですね」

「すると――妹さんと二人で、その人は行方をくらましてしまったわけですね」

「ええ。もちろん、私たちも、捜しもしませんでしたから……」

私は、ちょっと考え込んだ。

もちろん、今度の一連の事件は、「切り裂きジャック」という一点でつながってはいるが、それぞれに何か、事件の「核」になるものを含んでいるのではないか。

つまり、被害者として選ばれた五人の方にも、選ばれた理由があるのではないか。

人の恨みを買っているようなことがあるのかもしれない。

「――その人の名を教えていただけます？」

と、私は訊いた。

「え？　ああ、雪マサミのことですね」

「雪……」

「もちろん芸名――だと思われるでしょ。ところが本名なんですの」

英子は、分厚い手帳を取り出すと、後ろの方のミシン目の入ったページを一枚切り取って、それにメモをしてくれた。

「——私が知っていることは、これだけですわ」

〈雪マサミ。十八歳。(当時。今は二十歳か二十一歳)。妹はヒロミ〉

そして、住所が書かれている。

「それが、私の知っている最後の住所です」

と英子は言った。

「よく憶《おぼ》えてますね」

「それが仕事ですもの」

と、英子は微笑んだ。

「凄《すご》い手帳ですね」

私も一応手帳を持ち歩いてはいるが、ごく小さなものだし、それだって、中はスカスカである。探偵の手帳が予約で埋《うま》るというのも、あまり感心はしないが。

「無くしたら一大事。あらゆる予定が書き込んでありますから。財布は落しても、この手帳は絶対に落しませんわ」

「それに、キャサリンの予定が?」

「ええ。何時に起すか、何時に寝かせるか——何でも書いてあります」

私は、ふと思い付いて、

「キャサリンが、自分の本名を呼ばれても分らなくなったというのは、いつごろのことですか?」

「さあ……」

英子は、ちょっと首をかしげてから、手帳を開いた。しばらくページをめくっていたが、

「——ああ、たぶんこの辺だわ。二週間ぐらい前になるかしら」

「その前、何日間かの、彼女のスケジュールを教えていただけます?」

「この手帳をご覧になった方が早いわ。——どうぞ」

私は、受け取って眺めて、びっくりした。一瞬、辞書でも見ているかと錯覚しそうな細かい字が、びっしりと詰っている。

「これを眺めてるだけで、私なんかノイローゼになりそう」

と私は言った。「——この、病院というのは?」

「彼女、よく胃を悪くして。ストレスなんでしょうね。で、診てもらっていたんです」

「どこの病院ですか?」

「個人病院ですわ。院長さんが社長の古い知り合いとかで。——北山病院といいます」

北山！　私は、思わず胸がときめいた。

メアリ・ジェーン・ケリー——北山恵子の夫の病院ではないか！

これは偶然ではあり得ない。——やっと、一つの「共通点」を見付けたのだ。

「他には——DJ、インタビュー、インタビュー……。よくインタビューがあるんですね」

「みんな同じこと訊くんですもの。答える方もくたびれます」

「そうでしょうね。——TV、踊りのレッスン、試写会、打ち合せ……」

気が遠くなるようなスケジュール。〈試写会〉？　どこかで試写会のことを……。

私はため息をついて、

「よく間違えませんね」

と言いながら、手帳を返した。

「仕事ですもの」

と、英子は微笑んだ。

誰かがやって来て、私たちの席のわきに立った。

「まあ、木村さん」

と、英子が見上げて、「どうしてここが分ったの？」

キャサリンのマネージャーは、なるほど病院で居眠りをしていたときに比べ、大分スマートになったようだ。やせて、目は血走り、よだれを垂らし——では狂犬だが、そこまではいかなくても、げっそりやつれているのは確かだった。

「君は、何を企《たくら》んでいるんだ！」

と、いきなりかみつきそうな顔で言った。

「木村さん——」

「どうもおかしいと思ってたんだ。僕が眠ってる間に、キャサリンを病院から連れ出したのは君だな！」

「木村さん、何を言ってるの？」

「その女は何だ？　キャサリンを狙ってる、どこかのプロダクションの回し者だろう！」

回し者、とはまた古い表現だ、と私はおかしくなった。

「木村さん、あなた、どうかしちゃったんじゃない？　私がどうしてキャサリンを

──」

「どうしてこんな所でコソコソと会ってるんだ？　怪しいじゃないか？」

ホテルのラウンジで会うのを、普通コソコソとは言わないだろう。

「英子さん、私、これで──」

と、私は立ち上った。

「すみません、お騒がせして」

「いいえ。じゃ、またご連絡しますわ」

私が歩き出すと、木村が追いかけて来て、

「おい、待て！」

と、肩に手をかける。

「あら、どうも」

私は、伝票をその手に握らせて、「これ、そちらの経費で落しておいて下さる？」

と言ってやった。

ポカンとして伝票をつかんだまま、木村が突っ立っているのを尻目《しりめ》に、私はさっさとラウンジを出てしまった。

ロビーへ出る廊下を歩いて行くと、バタバタと足音がする。

「待って——待ってくれ！」

木村である。ハアハア息を切らして、

「伝票は——ちゃんと払ったから、キャサリンを返してくれ！」

「ごちそうさま。キャサリンさんのことは、何も知りませんわ」

「頼むよ。僕のクビがかかってるんだ！」

「あのね——」

と言いかけて、私は、木村の肩越しに、ニヤニヤ笑っているダルタニアンの顔に気付いた。

「——だめよ！」

と言ったときは遅かった。

ヒュッ、ヒュッ、と風を切る音。

「——さ、行きましょうぜ」

とダルタニアンが私を促す。

「でも……」

「命には別状ありませんから」

「そう？」

私は、ちょっとためらったが、まあ、この際止《や》むを得ない、と思いを定め、歩き出した。

「待って――」

木村が歩き出そうとすると、ズボンが、サッと落ちて、足首に引っかかり、ズデン、と前のめりに倒れる。

通りかかった女の子が、キャアキャアキャア甲高《かんだか》い声で笑い出した。

「――気の毒なことしたわ」

と、私は、ホテルの地下へ降りながら言った。「精神的ショックが大きいんじゃないかしら」

「頭の天辺《てっぺん》に、ハゲを作ってやろうと思ったんですが、思い止まったんですよ」

とダルタニアンが言った。

「自慢にならないわよ」

と私は苦笑した。

「これからどちらへ？」

「殺された三原冴子が一緒に暮してた、辻京子って人に会ってみるつもり。一度会ったんだけど、向うがこっちを信じてくれなくて。――今度は大丈夫だと思うわ。もっとも、もう手遅れだけどね」

「犠牲者第一号ですな」

「第二号が出る前に、ジャックを見付けないとね。でも――」

私は、ふと足を止めた。

「どうかしましたか？」

「今、何だか、気になるものを見たような気がしたの」

「というと？」

「分らないけど――誰かに会ったのかもしれないわ」

「分りませんね」

「そりゃそうでしょ。当人も分らないのに。でも、確かに――」

と、振り向く。

見えるのは、地下のショッピングアーケード。――あまり人は歩いていない。

「どうします？」

「戻って、また歩いてみるわ」

何だか諦《あきら》め切れなくて、いやな気分である。

ともかく、一旦、降りて来た階段の所まで戻って、それから歩き始める。

左右に、小ぎれいなショーウインド。ホテルだから、外国人向けに、カメラ店、オーディオショップ、それに本屋、プレイガイド、薬局……。

私は、ピタリと足を止めた。——分った！

急いで、プレイガイドの前に戻って、そこに貼《は》り出された一枚のポスターを見た。

〈牧邦江ピアノ・リサイタル〉

そのポスターに、斜めに、〈公演中止〉の紙。

「おや、これは——」

と、やがて来たダルタニアンが言った。「あのピアノの先生じゃありませんか」

「やっと身許《みもと》が分ったわね」

私は、ピアノに向っている女性の横顔を、眺めながら、「どうして今まで分らなかったのかしら？」

と首をかしげた。

「きっと、警察にはあまりピアノを聞く趣味を持ったのがいないんでしょう」

「それにしたって……」

私は、主催している音楽事務所の名前と電話番号を手帳にメモした。

しかし、妙なものだ。——こうしてポスターが出るくらいのピアニストが、行方不明になっているというのに、どうして、この事務所の方から届け出ていないのだろう？

もし、届けていれば、当然、新聞などでも扱われているはずである。

「——何かありそうね」

と、私は言った。「行先変更。この音楽事務所へ行ってみましょ」

「何ですか、一体？」

はなから仏頂面で出て来たのは、牧邦江のマネージャーである。

五十男で、見るからにうだつの上らないタイプ。

「私、音楽学校の学生なんです」

と私は言った。

学生で通るのだから、若いというのは便利である。自分で言っちゃいけないかな。

「すみません、突然」

応接室、などというものはない。何だか、ゴタゴタしているオフィスの片隅に、すっかり色の変ってしまったソファとテーブルが置いてあるだけである。

「忙しいんでね。手短かに頼むよ」

と、その男は言った。

「牧邦江さんに、ぜひうちの学校においでいただいて、公演をしていただけないかと思いまして」

「だめだね」

と、男はにべもなく言った。「君、知らないのか――」

「いいえ、リサイタルが中止になったのは、承知してます」

「じゃ分るだろう。病気なんだよ、病気。それどころじゃないよ」

「あの――重い病気なんですか？」

「そんなことはない。すぐ治るさ」

と、男はなぜかあわてた様子で言った。

「じゃ、その後でもいいんです。時期は、牧先生のご都合で――」

「それじゃ、また時期をみて、来てくれ。いいね？　じゃ、忙しいから、これで」

――これじゃ、取りつく島もない。

何をあわててるんだろう？

私が仕方なく表に出ると、

「ちょっと、ちょっと」

と、声をかけて来たのは、その事務所の女の子——というより、おばさんに近い、かなりの年輩の女性である。

「はあ？」

「あんた、牧さんのこと、訊きに来たの？」

「ええ」

「音楽学校の生徒なんて言ってるけど、本当？」

私は、ちょっと考えてから、

「実は——でたらめです」

と言ってみた。

「だと思った！　週刊誌の記者？」

「そんなとこです」

と涼しい顔で、「牧さんがいなくなったって本当ですか？」

「本当よ。今会ったマネージャー、あの人ね、牧さんの亭主なの」

「え？」

これには正直びっくりした。

「牧さん、男と駆け落ちしたらしいの。それで、旦那《だんな》はああして必死でごまかしているわけよ」

「まあ。――そうだったんですか」

「書いてもいいわよ。あいつ、ケチで、大嫌いだから」

「教えてくれてありがとう」

と、私は言って、ちょっと手を振って歩き出した。


「――もう十二時五十分だ」

と、ホームズ氏が言った。

「本当に来るかしら？」

私は低い声で言った。

「そう思うね」

――地下の駐車場は、至って静かである。

私とホームズ氏は、メアリ・アン・ニコルズ、すなわち岡田君江――に変装したアルセーヌ・ルパン氏（ああ、ややこしい！）を挟んで、車と車の間、少し薄暗い所に立っていた。

ルパン氏は、

「明るい所でも大丈夫だ」

と主張していたが、あまり明るい所に立っていては却《かえ》って不自然だというホームズ氏の意見に従うことにしたのである。

だが、実際、ルパン氏の扮装はみごとなものだった。それほどメーキャップしていないのに、岡田君江そっくりに見える。

もし、彼女の顔をよく知っている——たとえば、夫の岡田が見たとしても、一瞬、妻だと信じるに違いない。

——静かだった。

「あと五分」

ホームズ氏が、言った。

その声は囁《ささや》くように低くなっていた。

# 人違い

「お帰りなさい」

トンネルを抜けると、雪国――じゃなくて、そこはいつもの第九号棟。

ダルタニアンが出迎えてくれた。

「ああ、くたびれた！」

私は息をついて、ホームズ氏と、岡田君江に変装したルパン氏がトンネルから上って来るのを待った。

「で――首尾は？」

と、ダルタニアンが訊《き》く。

私は首を振った。

「だめ」

「というと？」

「結局、切り裂きジャックは現われなかったのさ」

ルパン氏が、トンネルからヒョイと飛び上るように出て来て言った。「僕の変装もむだだったってわけだ」

「ご苦労さま」

と、私は言った。

ホームズ氏が、最後に、よいしょ、というかけ声と共に上って来た。ルパン氏よりは年齢がいっているだけに、身軽にヒョイとはいかないようだ。

ホームズ氏は、ダルタニアンの顔を見るなり、

「何か変ったことはなかったかね?」

と訊いた。

「平和なもんです」

「彼女たちは?」

ホームズ氏が言うのは、もちろんメアリ・アン・ニコルズを名乗る岡田君江、エリザベス・ストライドの牧邦江、キャサリン・エドウズのキャサリン、こと門倉ルミ、そしてメアリ・ジェーン・ケリーの北山恵子の四人のことである。

「いとも静かに眠っていますよ」

と、ダルタニアンはクルリと仕込み杖《づえ》を回した。

「そうか。それならいいが……」

と、ホームズ氏はホッとした様子だった。

「――ともかく、疲れたわ」

と私は言った。「サロンで、お茶でもいただきましょう」

何しろ、切り裂きジャックは午前一時と指定して来ていたのだが、念のため、と三時まで待っていたのだ。くたびれて当然である。

眠いのも確かだったが、ともかくベッドに入る前に、紅茶の一杯でも、ぜひほしいところだった。

大川一江が、サロンで待っていてくれた。

急いでいれてくれたお茶を飲んで、やっと生き返ったような気分になる。

「――それにしても、なぜ現われなかったのかしら？」

と、私は言った。

「それが気になっているんですよ」

と、ホームズ氏は、まだどこか不安げである。

「変装だと見破られたんじゃないか？」

ダルタニアンの言葉に、ルパン氏はムッとした様子で、

「見破られることは、絶対にない！」

と言い返した。

「私もそれはないと思う」

ホームズ氏が肯《うなず》いて、「間近に来て、覗《のぞ》き込みでもすればともかく、見破られるほどの距離まで、誰《だれ》も近付いて来なかったのだからね」

「じゃ、ただ、向うが怖気《おじけ》づいただけでしょう」

「そうかな」

ホームズ氏は首をかしげた。「しかし、あの手の犯人は、自己顕示欲が強くて、自信過剰なのが常だ。それが、我々に近づきもせずに怖気づくというのは……」

「それで、心配していたのね」

と、私は言った。「つまり、私たちをおびき出すのが目的だったんじゃないかって」

「そうなんですよ」

ホームズ氏は肯いて、「しかし、何事もなかった。——分らん。妙な話だ」

「じゃ、向うが、迷子にでもなったんじゃないですか？」

と、ダルタニアンが言った。

そこへ、朝田青年が入って来た。

ジャックが現われなかったことは、もう聞いていたが、結局、白川美子と北山美保の二人を取り戻すこともできなかったわけである。

「――心配ね」

私は、立ち上って、朝田の肩に手をかけた。

「いや、きっと彼女は無事ですよ」

と、朝田は笑顔を作って、「ああいう美人は、絶対助かる、と決ってます。――たいていの映画では」

「我々も全力を尽くすよ」

と、ホームズ氏が言った。「ともかく、今は一眠りしよう。それから活動だ」

私は、大川一江に言った。

「一江さん、また、ジャックから電話があったらいけないから、家へ戻りましょう」

「はい。もし留守中にかかっていれば、テープに入っているかもしれません」

「ともかく、向うからの連絡を待つしかありませんね」

と、朝田が、ことさら軽い調子で言った。

「いや、そうとも限らん」

ホームズ氏の言葉に、一瞬、誰もが顔を見合せた。

「ホームズさん、何か考えがあるの？」

私の質問に、ホームズ氏は、額に深くしわを刻んだままで、

「いや、そうは言えませんな。ただ……」

と言い淀《よど》む。

「何か引っかかることでも？」

「うむ。——いや、まだ、お話しできるほど、まとまった考えになっていないのですよ。寝ながら、ゆっくりと考えてみましょう」

ホームズ氏は、いつものパイプを握っていたが、その手に、いつになく力が入っていた。自分では意識していなかったのだろう。

何かをつかみかかっているが、今一つ、手応《てごた》えがない。こんなときには、周囲が下手に口を出さない方がいいのである。

ホームズ氏とルパン氏が、それぞれ部屋へ引き取って行くと、朝田が言った。

「僕に、何かできることはありませんか」

「気持は分るけど……」

と言って、私はふと思い付いた。「そうだわ、うっかりしてた」

「何のことです？」

「北山よ。恵子さんの夫。——美子さんのことはともかく、美保ちゃんを誘拐《ゆうかい》されているんだから……」

「そうか。——じゃ、きっと大騒ぎになっているでしょうね」

「たぶん、ね」

と、私は肯いた。「下手に会いに行ったりしたら、こっちが疑われてしまうかもしれないわ。——何とか、様子を探る必要があるわね」

「任せて下さい」

と、朝田は即座に言った。「うまくやって見せますよ」

恋人を誘拐された彼としては、ともかく何かしていたい、と思うのも当然だろう。

「分ったわ。でも、充分に用心してね」

と、私は言った。

——大川一江と二人で、またトンネルを通って第九号棟を出ると、私は屋敷へと戻って行った。

車は一江が運転してくれたが、その車の中で、私はもう眠り込んでしまった。

夢の中に、白川美子の顔が、ぼんやりと浮んだ。いや、夢そのものは、すぐに忘れてしまって、美子の顔が出て来たことだけを、憶《おぼ》えていたのだろう。

ああいう美人は死なない、映画では。——そう。映画の中なら、そうなのだが。

映画……。映画か。

なぜだか、その言葉が、私の頭の中を、グルグルと巡っていた。


「——何時？」

少しハッとした様子で、早野恭子が言った。

岡田は、少しウトウトしかけていた。

それはそうだろう。何しろ、どう考えても夜中、十二時は過ぎているのだ。

ちゃんと朝、出勤して一日働いて来たサラリーマンにとって、本来なら熟睡している時間である。

「うん……」

岡田は、目をこすりながら、ベッドから手を伸して、ナイトテーブルの上の腕時計を取った。薄暗い中、目をこらして、デジタルの数字を見る。

「おい、もう二時だよ」

岡田は、ベッドに起き上って、頭を振った。

「もう帰らなきゃいかん。明日、会社へ行けなくなるぜ」

「私、それでも構わない」

早野恭子が、体をすりつけて来る。「ねえ、ここに泊って行きましょうよ」

──岡田光治と早野恭子は、会社の帰り、待ち合せて、このホテルに入ったのである。

愛し合って、すぐに出るつもりが、二人とも、ついまどろんで、というところだろう。

「だめだよ」

と、岡田ははねつけるように言った。

恭子は、プイと岡田に背を向けて、体を丸めた。岡田は、ちょっときつく言い過ぎたと思ったのか、

「なあ。──分ってくれよ」

と、恭子の肩を、そっとなでてやった。「今は時期が悪い。そうだろ？」

恭子は、じっと唇をかみしめていた。涙が、頬《ほお》を伝い落ちている。岡田は、そんなことには、まるで気付いていなかった。

「ただでさえ、君江の奴《やつ》があんな風になっちまって、僕があれこれ言われてるんだ。

君とのことだって、社内じゃいくらか噂《うわさ》になってるんだぜ。——知ってるだろう」

岡田は、恭子の裸の肩を軽くつかんで、揺さぶった。「こんな時に、僕と君が一緒に休みを取ったりしたら、どう思われるか……。やっぱり、ここは慎重にいかなくちゃ」

恭子は、涙に曇った目で、じっと部屋の隅の暗がりを見つめていた。

「君のことは愛しているさ、もちろん」

と、岡田は続けた。「だけど、君江が入院してるのに、勝手にこっちが別れてしまうわけにいかないし。そうだろう? 非人情な奴だ、と言われちまう。君江が良くなって、戻って来たら、ちゃんとはっきりさせるよ。本当さ」

恭子は、岡田に気付かれないように、そっと、手の甲で、涙を拭《ぬぐ》った。そして、ゆっくりと起き上ると、

「先にシャワーを浴びて来るわ」

と言って、ベッドを出た。

岡田がホッとしているのが、背後の気配で分る。

——恭子は、虚《むな》しかった。

熱いシャワーを頭から浴びて、何もかもを忘れてしまいたかった。

岡田が妻の入院を持ち出すのは、口実に過ぎない。恭子は、もうとっくにそれに気付いていた。

君江が、メアリ、何とかいう名を名乗って入院する前から、恭子と岡田の関係は続いていたのである。そのときには、

「君江は神経質な奴なんだ。だから、突然別れる話なんか切り出したら、ノイローゼにでもなっちまうかもしれない。少しずつ、それとなく分らせていくから、辛抱してくれよ」

と、岡田は言っていたものだ。

それが、本当に君江が入院すると、今度は、具合が悪い内はだめだという。

結局、岡田にとって、恭子との情事は遊びなのだ。――恭子だって、それぐらいのことは分っていた。

ただ、万に一つの――いや、それほどにも可能性はないかもしれない、岡田の「誠意」に、恭子は、望みをつないでいたのである。

しかし、それも虚しかった……。

シャワーを止めて、タオルで顔を拭《ふ》いてから、鏡を覗き込む。

もう、涙は出ていなかったし、目も、いくらかは赤かったが、泣いていたことがわ

かるほどでもない。

その方がいい、と恭子は思った。――泣いていたことを、岡田に知られたくなかったのだ。

「――やあ」

出て行くと、岡田がベッドに起き上ってタバコを吸っている。「さっぱりした?」

「ええ」

恭子は微笑《ほほえ》んだ。「あなたも浴びて来たら? 目が覚めるんじゃない?」

「そうだな」

岡田は、タバコを灰皿に押し潰《つぶ》すと、ウーンと伸びをして、「じゃ、すぐ出るから、待っててくれ」

「ええ」

恭子は、岡田がバスルームへ入って行くと、急いで服を身につけた。

シャワーの音が聞こえている。――恭子は、一人、部屋を出た……。

ホテルを出ると、恭子は、ちょっと足を止め、振り返った。

行ってしまった方がいいんだ、と思った。これでけりをつけてしまった方が……。

苦しみ、悩んでいるのは自分ばかりで、岡田の方は、何とも思っていないのだから。

悩むだけ虚しい。――恭子は歩き出した。

寂しい裏通りだった。ここではタクシーも通らない。ともかく、もっと広い通りへ出ようと、恭子は歩いて行った。

――ふと、足を止める。

誰かが追いかけて来る。いやに早いとは思ったが、

「あなた――」

岡田だ。他に誰がいるだろう？

恭子は振り向いた。黒い影が目の前にあった。岡田だとばかり、恭子は思っていた。嬉《うれ》しかった。追いかけて来てくれたのだ。やっぱり、私を愛してくれているんだわ。

「私――」

恭子が何を言おうとしたのか、それは分らない。言葉になる前に、横に、真一文字に鋭い刃が走って、恭子の喉《のど》を切り裂いていたからである。

「――恭子？」

シャワーを浴びていた岡田は、ドアの閉る音が聞こえたような気がして、そう言ってみた。

だが、返事はなかった。

「気のせいかな……」

と呟《つぶや》くと、またシャワーを頭から浴びせる。

――正直なところ、恭子にも飽きて来ていた。別れる潮時かもしれない。

岡田は、女に関してはベテランである。

そう見えない――いや、見られていない、というのが、彼の最大の武器なのだ。

もちろん、女嫌いに見せかけているわけではない。それでは、女の方が寄って来なくなってしまう。

女には優しいが、しかし、プレイボーイでない。真面目《まじめ》な夫。

女が一番心を許すのは、こういうタイプの男なのだ。そして、いざ恋に落ちても、
女の方は、それが彼の唯一の浮気だと信じている。

その手で、岡田はもう何人もの女と浮気を楽しんで来た。もちろん、君江は、そんなことを知っているはずがない。

岡田は、決して君江を嫌いなのではなかった。いや、「女房としては」愛している。

別れるつもりもなかった。

その岡田にしても、今度は少々参った。何しろ君江が突然、別の名を名乗るように

なったのだから。

このまま一生、君江の入院費用を持つのかと思うと、気が重かった。もちろん、回復してくれる可能性も、ないではないが。

しかし、岡田はしたたかである。どうせ目下のところ、君江は入院していて、面倒を見なくてはならないのだから、この境遇を、フルに活用することだ。

妻が入院している、というのは、女の同情を引く。そこをうまく利用すれば、新しい恋人の一人や二人、作れそうだ。

早野恭子はちょっと難しい。岡田のことを見抜いているところがある。

もう別れて、他の女――もっとボンヤリして、あまり深刻にならない女の方へ乗りかえようか、と岡田は思っていた。

しかし、今はまだ恭子が相手なんだ。

シャワーを止めると、バスタオルを取って、頭髪を拭いた。それからざっと体を拭い、タオルを腰に巻きつけて、バスルームのドアを開けた。

「おい、恭子――」

部屋に恭子の姿はなかった。バスタオルが床に捨てられている。

どうしたんだ？　先に行っちまったのかな？　まさか、そんな――。

部屋の中へ歩み出る。ドアの陰に隠れていた人物の手がスッと伸びて来た。

その手が、輪にしたロープを持っている。

輪がヒョイ、と岡田の頭から、肩へ落ちたと思うと、ぐい、と引張られて、絞られた。

「あ――」

岡田は何か言おうとした。しかし、言葉にならなかった。ロープの輪は、固く、固く、締って、すでに、空気の流れを遮断していたのである。

# 姉　妹

　目が覚めると、もうすっかり太陽は高く昇っていた。

「――おはようございます」

　私の起きるのがどうして分るのか、いつもの通り、一江がベッドの傍に立っていた。

「おはよう……」

　私は欠伸《あくび》をした。「といっても、朝とは思えないわね」

「お昼の一時です」

　と、一江は言った。

「一時？　まあ、よく寝ちゃった」

「朝食をお持ちしますか？」

　私は頭を振った。

「ベッドへ？　そうね。たまにはいいかもしれないわ」

「では、すぐお持ちします」

「カーテンを開けちゃってくれる?」

「かしこまりました」

一江がカーテンを開けると、寝室が光で一杯になって、寝起きの目にはまぶしい。

「ダルタニアンがみえてますよ」

寝室を出ようとして、一江が言った。

「あら、早起きね。ゆうべ同じくらいまで起きてたのに」

「居間で待っていただきますか」

「そうね。そうしてちょうだい」

私は起き上ると、両手を思いきり天井へ向って伸し、深く呼吸をした。

「いいお天気……」

と、まぶしい戸外の方へ目を細めて、呟《つぶや》いた。

と――窓の所に、何か黒い影が見えたと見る間に、サッと窓が開いて、

「正義の味方!　ここに参上!」

ヒラリ、と身軽に飛び込んで来たものは、もちろん――

「ダルタニアン!」

私は、あわてて毛布を胸まで引っ張り上げ、「レディの寝室へ入って来るなんて！」

誤解のないように申し添えると、私はちゃんとネグリジェを着ているのである。ただし、少々、肌が透けて見えるという点が……。

「戦いの最中には、司令官たるもの、入浴中でも指示を下す必要があります」

と、ダルタニアンは澄まして一礼する。「この次は浴室に参上いたしましょう」

「頭から水をかぶせるわよ」

と、私は笑って言った。「ところで、何か急の用事？　それとも、朝の――いえ、昼の運動のつもり？」

「お知らせすべきことがありまして」

ダルタニアンはベッドの方へやって来ると、「昨夜、また殺《や》られました」

私は一度に眠気が吹っ飛んでしまった。

「誰《だれ》が殺られたの？」

「それが不思議でしてね。例の四人じゃないのです」

「というと？　全然、別の人？」

「早野恭子です。これは、ジャックの手口ですよ。喉《のど》を鋭い刃物で切り裂いている」

「早野……」

私は、まだ全開しない頭のエンジンを必死で回しながら、「あ、そうか。岡田光治の――」

「恋人だった女です」

「やっぱり恋人だったの？」

「ホテルを一人で出たところを殺られました。犯人の手がかりは一向になし」

「早野恭子が……」

と、私は肯《うなず》いて、「でも、なぜ彼女を殺ったのかしら？」

「例の四人には手が出せないからではありませんかね」

「その点は役に立ったわけね。でも、他の人が殺されてるんじゃ……」

と、私は首を振った。「岡田は、どう言ってるの？」

「死にました」

と、ダルタニアンは、あっさりと言った。

「――何ですって？」

私は、思わず訊《き》き返していた。

「ホテルの部屋の浴室で、首を吊《つ》っていたそうです」

「岡田が？」

「警察は、岡田が早野恭子を殺して自殺した、と見ているようです」

「そんな！　岡田は、そんなタイプじゃないわ」

「その方が、警察は楽なんでしょう」

「殺すにしたって、岡田がやるなら、喉を切り裂く必要なんかないじゃないの」

「全くです」

「岡田が自殺……」

私は混乱して来た。「――ホームズさんは？」

「何やら、考え込んでますよ。もちろん、ゆうべの事件のことは知っています」

そこへ、一江が朝食の盆を手に入って来て、ダルタニアンを見ると、

「まあ。どこへ行ったのかと思ったら！」

と、目を丸くした。

「僕に会いたかったのかな？」

ダルタニアンがニヤリと笑った。

「早く居間へ戻って下さい。お嬢様はお食事です」

「女性の頼みは断らないのがモットーでしてね。では、失礼」

ダルタニアンが、オーバーに頭を下げて、出て行く。

「ゆうべの事件、お聞きになったんですね」

と、一江が、ベッドに盆を置く。「お食事を終られてから、申し上げるつもりでしたのに」

「気をつかってくれてありがとう」

私はコーヒーを飲んで、言った。「誘拐《ゆうかい》犯からの連絡は？」

「ありません」

「朝田君からも連絡なし？　じゃ、ここは独自に動くしかないわね」

「どうかお気を付けて」

と、一江は言った。「大事なお体でいらっしゃるんですから」

――一人になると、私は、いささか沈んだ気分。

事件の関係者が二人も死んでいる。これは、見かけ通りの事件ではない。何か、裏があるのだ、と思った。

もし、犯人が人違いをしたのだったら……。それはありうることだ。

つまり、岡田君江と思って、早野恭子を殺してしまった。しかし、その場合、岡田の方はどうなるだろう。

岡田の死。それも本当に自殺だったのかどうか。――いや、少なくとも、私の会った印象では、岡田は自殺するというタイプではない。

むしろ、うまく立ち回って、したたかに生き抜いて行くという男だ。自殺するとしたら、早野恭子の方だろう。

「――これは一筋縄じゃいかない事件だわ」

と、私は呟いた。

岡田と早野恭子の死が、今度の「切り裂きジャック」の件と関《かかわ》っていないはずはない。早野恭子が喉を切り裂かれているのを見ても、それは明らかだった。

大体、鋭い刃物で喉を切り裂くなどというのは、誰にでもできることではない。

アニー・チャプマンを名乗っていた三原冴子が殺された手口を見て、他の誰かが真《ま》似《ね》たという可能性も、ゼロとは言えないが、しかし極めて少ない、と言っていいだろう。

同じ犯人だとして……では、なぜ、被害者として、早野恭子を選んだのか。そして、岡田はなぜ死んだのか。

岡田も殺されたのだとすると、では理由は？　何かを見ていたのか。それとも、私たちの全く知らない理由があったのか。

ホームズ氏ではないが、私も五里霧中であることは認めざるを得ない。

白川美子と、北山美保を誘拐した犯人は?

——メアリ・アン・ニコルズの名を出しているのを見ると、「ジャック」ではないかと思えるが、しかし、その一方で、早野恭子が殺されている。

私やホームズ氏が一緒だったので、狙《ねら》う相手を変更したのだろうか?

だが、早野恭子は、ホテルを出たところを殺されている。つまり、犯人は、ずっと彼女と岡田の後をつけて来た、と考えていいだろう。

「——分らないわ」

と、私は首を振った。

何もかも矛盾する。一体、どこに解答があるのだろうか?

私は悩んでいた。悩んではいたが、それでも朝食をいとも簡単に平らげてしまったのは、やはり若さというものだろうか……。

「良かった! お会いしたかったんです」

英子は、私の顔を見ると、そう言って、「あの——ゆうべまた殺された人がいたでしょう?」

「ええ」

私は肯いた。「――小さな声で。人に聞かれると、誤解されますよ」

「あ、すみません」

と、英子は、あわてて周囲を見回した。

――ここはTV局のロビーである。

「こちらへ」

と、英子は、先に立って、ロビーの奥のソファへと案内してくれた。「ここなら、人目につきませんから」

私はあまり人のいないロビーを眺め回して、

「TV局って、もっと騒がしい所かと思ってたわ」

と言った。

「スタジオの中はうるさいですよ。でも、今日はまだ時間も早いし。――キャサリンは、どうしてます？」

「無事ですよ。ご心配なく」

「そうですか」

英子はホッと息をついて、「何だか、ずっとそばについていたもので、いないと、あれこれ、悪いことばかり考えてしまうんです」

「ゆうべの事件は、同じ犯人だと思います」

「でも、ニュースだと、犯人は自殺したと――」

「ちょっと疑問ですね。――でも、私も確証があるわけじゃありませんから」

「早く犯人が捕まってほしいですわ」

英子は、ちょっとくたびれたような声で言った。

「今日も、キャサリンが抜けた後の、スケジュール調整なんです。こちらはひたすら謝るばかりで」

「大変ですね」

「でも、キャサリンの命が大切ですから」

と、英子は微笑《ほほえ》んだ。「犯人が捕まって、キャサリンが門倉ルミに戻ったら、今度はゆったりしたスケジュールで、人間らしい生活をさせてあげたいわ」

「みんながそう思ってくれればいいんでしょうけどね」

と、私は言った。「ともかく、力を尽くしますわ」

「信じてますから。――ところで、何かご用でおいでになったんですの？」

「ええ、実は、あなたからうかがった、雪マサミっていう子のことなんですけど――」

私は、言葉を切った。英子が、私の肩越しに、誰かがやって来るのに気付いたのだ。

「――雪マサミがどうしたって？」

男の声がした。振り向くと、何となくどこかで見た顔だ。

「やあ」

と、竜建一は、英子に笑いかけた。

「どうも」

英子が、固い表情で会釈する。

竜建一は、私の隣の椅子《いす》にドッカと座り込むと、

「早く着いちまったな」

と腕時計を見た。「キャサリンにやられて以来、マネージャーがうるさいんだ」

そして、私の方を見ると、

「これ、誰だい？　おたくの新しいタレント？」

と英子へ訊く。「それにしちゃ、ちょっとトシ食ってるな」

「英子さん、この人、ホームドラマに出てる人でしょ？」

と、私は言った。「この間見たわ。ボケ老人の役が、とてもピッタリだった」

竜建一は、一瞬ポカンとして、それから、笑い出した。

「――こりゃ参った！　いや、失礼。本当にタレントさん？」

「こちらは、鈴本芳子さん」

「心理コンサルタントですわ」

と、私は言った。

「へえ。じゃ、お医者さんか」

「ま、そんなものです」

「こんな美人の医者なら、喜んで診てもらうけどな」

「コロコロと言うことが変る人ね」

調子のいいのが売り物のスターなのだろうが、それだけでなく、自信過剰なところが、魅力にもいや味《あ》にもなっている感じだった。

良かれ悪しかれ、これがスターというものなのだろう。

「今、あなた、雪マサミのことを何か言ってた？」

と、私が訊く。

「そっちが話してるようだったからさ」

「捜してるの、会ってみたいので」

「へえ。消えちまったアイドルなんかに会って、どうするんだい？」

「あくまで学問的な興味よ」

「そうか。——住んでる所ぐらいなら、知ってるぜ」

と、建一が言ったので、英子がびっくりした様子だった。

「どうしてあなたが？」

「いや、偶然さ。この前——っていっても、もう二、三カ月前になるかな。TVドラマの収録でね、薄汚ないアパートが並んでる所へ行ったんだ。道でロケしてたら、アパートの二階の窓が開いて、洗濯物干してる女がいた。ヒョイと見たらさ、どこかで見たような顔なんだよな」

「それが——」

「うん。雪マサミだった。間違いないよ」

と、建一は肯いた。「向うも、俺《おれ》の顔見て、目が合うとハッとしたんだ。そして中へ引っ込んじまった」

「それ、どこだったの？」

と、私は訊いた。

「どこ、って言われるとな……」

と、建一は顔をしかめた。「何しろ、俺はただ当日、車でそこへ行くだけだろ。

――あ、そうだ、おい！」

建一が手を上げると、背広姿の男が、飛んで来た。

「俺のマネージャーだよ」

と、建一は言って、「おい、この前、ロケに行ったの、どこだっけ？」

「何のロケ？」

「ほら、俺が真面目《まじめ》な工員でさ、夜学に通ってて、そこの女の先生に恋をするってやつ――」

ずいぶんイメージの違う役に出てるもんだ、と私は思った。

「調べりゃ分るけど」

「じゃ、すぐ調べて来いよ」

と、建一は言った。

なるほど、これがスターの口のきき方なのか、と私は感心した。

確かに、竜建一の表現を借りるまでもなく、そこはボロアパートだった。

壊れかかった、と形容した方が、ぴったり来るかもしれない。本当に、地震でも来たら、潰《つぶ》れてしまいそうだ。

アパートの名は――分らなかった。看板の文字がほぼ完全に消えてしまっているのだ。

やっと探し当てて、入口の所に立っていると、赤ん坊をおぶった女が、くたびれた顔で出て来る。

「――あの、すみません」

と、私は声をかけた。「ここに雪さんって人、います？」

「ユキ？　さあね。――ここ、今はもう三軒しか入ってないのよ」

「若い女の人、二人で住んでると思うんですけど……」

「ああ。じゃ、たぶん二階の山田さんじゃない？」

「山田……」

雪と山田じゃ、大分違うが、ともかく行ってみることにした。

ミシミシと音をたてる階段を上って、二階へ。――薄暗い廊下の両側にドアが三つずつ並んでいる。

山田、という表札は、まだ割合に新しく見えた。私は、ドアを叩《たた》いた。

「――どなた？」

少しして、中から若い女の声。

「ちょっとお話があって」

私がそう言うと、ドアが、細く開いた。

探るような目が、隙間《すきま》から覗《のぞ》いている。

「あなたは？」

「鈴本芳子というの。あなた――雪マサミさん？」

その娘は、急にキッとなって、私をにらんだ。

「やっぱりそうね！」

「え？」

「週刊誌の記者？　それともTVのレポーター？」

「私は――」

「華やかな過去と、落ちぶれた今の姿を比べて、楽しもうってわけね。ふざけないでよ！」

と、凄《すご》い剣幕で食ってかかる。

「ね、ちょっと待って。私はそんな者じゃないのよ」

「ごまかしたってだめ！　帰ってよ！　もう私たち、昔の生活とは縁を切ったんだから！」

——そこへ、

「ヒロミ。どうしたの？」

と、中から声がした。「お客様？」

ヒロミ……。すると、この娘が妹の方なのか。

「お姉さん、中へ入っててよ」

「だめよ、ヒロミ。お客様を、そんな所に立たせたままで」

出て来たのは——いやに青白い顔をして、やつれた女だった。

これが雪マサミなら、まだ二十歳か二十一歳のはずだが、どう見ても二十四、五の印象だった。

しかし、英子から見せてもらった写真の面影は、確かにある。

「雪マサミさんね」

と私は言った。「英子さんの知り合いの者だけど……」

英子の名を出すと、マサミの顔に、パッと明るい笑いが浮んだ。

「まあ！　懐しい。英子さん。どうしてるのかしら。——さ、上って下さいな」

妹のヒロミの方は、苦々しい顔で私を見ていたが、仕方なくドアを大きく開けた。

「失礼します」

私は中へ入った。

古いアパートだけに、却《かえ》って、部屋はそう狭くない。しかし、どこかじめじめしていて、暗い感じである。

「突然ごめんなさい」

と、私は言った。「実は、私、今――」

「ええ、私も気になってるの」

と、雪マサミは唐突に言った。「英子さんに連絡しなきゃって。次の新曲の打ち合せもしてないし、それに衣裳《いしょう》がね。私スマートになったでしょ？　前のやつじゃ、もう合わないのよね。ね、ヒロミ？」

「そうね」

と、ヒロミが、台所の方に立って、答える。

「それに、衣裳は曲に合せてデザインしなくちゃ。――今度はね、明るい感じで行こうと思うの。前の曲は少し暗すぎたわ。私の声って、軽めだから、やっぱり、それに合った歌でないと――。英子さんもそう言ってたでしょう？」

私は、チラッとヒロミの方を見た。ヒロミは、どこか哀《かな》しげな目で、私を見ている。

「ええ、私もそう思うわ」

と、私は肯いた。

「良かった！　今度は大ヒット間違いなしよ。百万枚――二百万枚はいくかしら。百万枚行けば、まあいいわね。そしたら、私、マンションに移りたいわ。ここもね……悪くないんだけど、子供にはあんまり……」

「子供？」

と、思わず訊き返す。

すると――襖《ふすま》の向うから、子供の声が聞こえて来た。

「あらあら、お昼寝してたのに。――まだこれじゃ寝足りないわ。やっぱりそばにいてあげないとだめみたい。ちょっとごめんなさいね」

「ええ、どうぞ」

マサミは、立ち上って、奥へ入って行ってしまった。

私は、何ともいえず重苦しい気分で、閉じた襖を見ていた。

「――どうぞ」

いつの間にか、ヒロミがお茶を出してくれていた。

「ありがとう」

と、私は言った。「お姉さん……ずっと……？」

「お産のとき、大分重かったの。そのせいもあって、ひどくなったわ」

ヒロミは、座ると、「さっきはごめんなさい。——あなた、TV局の人には見えないわ」

と言った。

大分、穏やかな口調になっている。

「大変ね。あなたが働いてるの？」

「夜、スナックでね。昼間は、姉さんとあの子二人きりにしておけないから……」

「子供って……。生れてどれくらい？」

「一歳半かな。数えるのも忘れちゃったくらい」

「一歳半……。じゃ、マサミさんが歌手をやめたころ——」

「というより、妊娠していておかしくなっちゃったのよ。姉さん、神経質な人だから。私なら図太いから平気だったのにね」

ヒロミは、ちょっと笑った。「——英子さんのことは、覚えているわ。いい人だった。今キャサリンに付いてる人でしょ？」

「ええ、そのキャサリンのことを調べてるの」

「聞いたわ。何だか、少しおかしかったとかって。——姉さんの二の舞にならないようにしなきゃ」

私は、お茶を一口飲んで、

「キャサリンを知ってる？」

と訊いてみた。

ヒロミは、ちょっと眉《まゆ》を上げて、

「そりゃ、TVぐらい見るもの」

「そうじゃなくて、直接に」

「知ってるわけないわ。もう、あんな世界とは何の関係もないのよ、私たち」

「そう……」

ヒロミは、疲れてはいるようだったが、美しかった。姉のマサミのように、人工的な笑顔でなく、ごく自然の、強《つよ》い笑顔だった。

「あなた、いくつ？」

と、私は訊いた。

「十九よ」

「そう……」

この子がキャサリンを憎むとは考えにくい。しっかりと、自分の居場所を見極めている子だ。

「――マサミさんが妊娠してるってこと、他の人は知ってたのかしら?」

「知らなかったでしょ、きっと。圧力をかけてたはずよ」

「圧力を? 誰が?」

ヒロミは答えなかった。――私は、話を変えた。

「あなた、婚約してたんですって?」

「親の決めた相手がいたの。でも、本人もとてもいい人でね。あのままいけば、たぶん二十二、三で結婚してたと思うわ。――両親が行方不明になって、結局、それどころじゃなくなったのよ」

「ご両親、借金に追われて、夜逃げしたんですって?」

「生きてないんじゃないかな、もう」

と、ヒロミは明るい調子で言った。「生きてりゃ、何か言って来るだろうし」

――私は、立ち上った。

気が重かった。マサミに声をかけて行こうと、襖をそっと開けてみると、マサミは、子供に添い寝して、そのまま眠ってしまっていた。

私は、無邪気に口を開けて眠っている、男の子の顔を見た。

ヒロミに訊くまでもなかった。その子の父親が誰だったのかを。
眉の形、鼻の辺り、その子は、竜建一とそっくりだった。

# TV出演

「妙なことになったもんだ」

と、ホームズ氏が言った。

私の屋敷での夕食の後、居間でお茶を飲んでいたのである。

「少しは頭を休めた方がいいんじゃなくって？」

と、私は言った。

「いや充分に休めましたよ」

と、ホームズ氏はパイプを手に、ゆっくりソファに身を沈める。「――これで、三人が殺されたわけだ」

「三原冴子、早野恭子は同じ犯人――切り裂きジャックでしょうね。でも、岡田は自殺って可能性も――」

「あると思いますか？」

訊《き》かれると、私としても、

「ない、と思うわ」

と答えるしかなかった。「でも、手口が全然違う」

「そこなんですよ。どうも、一貫しない」

と、ホームズ氏は首をひねった。「普通、ああいう犯人は、細かい点にこだわるものです」

「つまり、代りの女を殺して満足したりしないってことね」

「誰《だれ》でもいいのなら、何もわざわざあの女を選ぶ必要もなかったでしょうしね。それに、自分が犯人であることを誇示するのが常ですからね。他の人間を、自殺と見せかけて殺し、犯人だと思わせるというのも、妙に知能犯的ですよ」

「ねえ、例の〈切り裂きジャック〉ってのは、カムフラージュなんじゃないかしら？本当は誰か一人だけを狙《ねら》っていて、それを隠すために、連続殺人を――」

「ミステリーではよくある手ですがね」

と、ホームズ氏は肯《うなず》いた。「その可能性もないとは言えません。その場合、犯人は我々と同様、ジャックの被害者たちを名乗る女性たちのことを、よく知っていたわけだ」

「そういうことになるわね」

「もちろん、気が付いても不思議ではありません。私が新聞を見ていて気付いたようにね。——本来、ジャックの一件に興味を持っていたとすれば」

「そして、その中に、自分が殺したい相手がいた。だからジャックを装って……」

「そこが妙なのです」

と、ホームズ氏は言った。

「妙って？」

「いいですか。もし、自分の動機を隠すために、ジャックの名を利用したいのなら、そのことを、警察や世間が、承知していなくてはなりません。たとえば、昔のジャックがやったように、新聞へ挑戦状を送りつけるとかね」

「それはそうね」

「ところが、実際には？——警察もマスコミも、彼の犯行の手口は書いても、そこから〈切り裂きジャック〉を連想してはいません。そうでしょう？」

「そうね」

私は肯いた。「しかも、岡田がやったように見せかけようとしたり……」

「まるで逆のことをやっているわけです。——どうも変だと思いませんか」

「それで、『一貫しない』って言っていたのね？」

「どうも、これは考えていた以上に複雑な事件かもしれませんよ」

「それに、誘拐《ゆうかい》された美子さんたちのこともね。目的がよく分らないわ」

私は、ちょっと首を振って、「まさか、殺されてるってことはないと思うけど……」

――そこへ、一江が顔を出した。

「お嬢様、朝田さんです」

「ちょうど良かったわ。ここへ来てもらってちょうだい」

と、私は言った。

「――どうも」

朝田は、入って来ると、くたびれきった様子でドッカとソファに座り込んだ。

「ご苦労様」

と、私は言った。「一江さん、何か朝田さんに飲物を。――どんな様子だった？」

「どうもこうも……」

朝田は、首を振った。「まるで反応なし、です」

朝田は、今日一日、北山の様子を探っていたのだ。

「反応なし？　でも、娘の美保ちゃんを誘拐されてるのよ」

「そうなんですよ。でも、全く、それらしい様子はありません。ありゃ、親じゃない!」

　朝田は腹立たしげに言った。

「じゃ——ごく普通にしてたの?」

「ええ。ちゃんと病院に行って、院長室で少し仕事をし、会議をやり、夕方から出かけて、医師仲間の会合に出席しました」

「へえ。それから?」

「どこへ行ったと思います? 映画館ですよ!」

　私はちょっと眉《まゆ》を寄せた。

「映画館で、身代金の受け渡しがあったとか——」

「僕もそれは考えました。でも違うんです、まるっきり。北山に近付いた人間は一人もいません」

「それで?」

「それからホテルに行って、食事をしました。もっとも、女と待ち合せてましたけど」

「女って?」

「バーのホステスです。食事を一緒にして、それから、その女の店に行って……。馬鹿《ばか》らしくて、それで帰って来ました」

と、朝田は肩をすくめた。「ともかく、娘がどうなろうと知ったこっちゃない、って感じです」

私はホームズ氏を見て、言った。

「どう思う？　誘拐されたのを知らないのかしら？」

「もしそうだとしても、娘が行方不明になれば当然心配するでしょうな」

「それはそうね。――でも、そんな様子が全然ないというのは……」

「平静を装ってる、ってわけでもないんです」

と、朝田は言った。「本当に平然としてるんですよ。あいつは人間じゃない！」

「落ちついて。――あなた、夕食は？」

「食事なんて、彼女のことを考えると、喉《のど》を通りませんよ」

と、朝田は悲痛な面持ちで言ってから、ちょっと間を置いて、「――でも、少し食べようかな……」

と、小さな声で言った。

「そうよ。いざ、ってときのために、元気をつけておいて」

私は一江に、「すぐ食事の仕度をして」

と言った。

「もう用意してございます」

一江が微笑《ほほえ》みながら言った。

本当によく気のつく人なのだ。

朝田が食堂へ行って、またホームズ氏と二人になる。

「――今、考えていたのですがね」

と、ホームズ氏が言い出した。「今、急を要するのは、白川美子と北山美保の二人を救出することです」

「そりゃ分ってるけど、何しろ、犯人が何も言って来ないんじゃ……」

「向うはそれが狙いかもしれませんよ」

「それって？」

「こっちが、じっと待って、行動せずにいることです」

「つまり、こちらの力を分散するのが狙いだっていうこと？」

「さあ、それはどうか分りませんが……」

ホームズ氏は、なぜか曖昧《あいまい》に言った。「どうです？　古い手ですが、『毒をもって毒を制す』というのは」

シャーロック・ホームズが、日本のことわざを口にするというのも、何だか聞いていると妙なものだった。

「どういう意味？」

「つまり、こうです。犯人は、〈切り裂きジャック〉と名乗らずにいる。だから、こっちで、〈ジャック〉の名を広めてやろう、というわけです」

「え？」

「新聞やTVに、三原冴子、早野恭子を殺したのは、切り裂きジャックだ、と投書してやるのです」

「でも――大騒ぎになるわ、きっと」

「そこが狙いです。どうやらジャックはひどくてれ屋のようだ。こっちでスポットライトを当ててやるのですよ」

私は肯いた。

「面白そうね。――ただ、そうなると、五人の被害者のことも、誰か気が付くんじゃない？」

「それも発表してしまうんですよ」

「構わないの？」

と、私は目を丸くした。「みんな第九号棟にいるのよ」

「緊急の手段ですよ。病院側も、マスコミを敵にはしたくないだろうから、記者会見ぐらいやるかもしれない」

私は、まじまじとホームズ氏を見つめて、

「何を企《たくら》んでるの？　何か目的があるのね？」

「もちろんですよ」

と、ホームズ氏は微笑んだ。「切り裂きジャックを、招待したいんです」


——白い霧が流れていた。

暗い街路。ガス灯の光が、淡く照らす中を、裾《すそ》のフワッと広がった、古風なドレスの女が、歩いて来る。

背後の足音。女が、ふと立ち止って、不安げに振り返った。

だが、見えるのは、深い闇《やみ》ばかり。女は気を取り直して、また歩き出した。

黒い影が、音もなく近付いて来る。女が、その気配に気付いて、ハッと足を止めたときは、もう手遅れだった。

黒いマントがはためいた。銀色のナイフが、ガス灯の光に一瞬、キラリと光った。

「キャーッ！」

女が悲鳴を上げる。

喉を切られて、どうして悲鳴が上げられるのか、不思議な光景だった……。

が——次の瞬間、その周辺で、ワッと笑い声が上ったと思うと、スタジオの中は明るくなった。

馬鹿らしい。——私は、笑う気にもなれなかった。

ＴＶのスタジオというのが、意外に狭いものだと、初めて知った。午後のワイドショーなる番組、要するに、机と椅子《いす》さえありゃできてしまうのである。

スタジオに来る「視聴者代表」は、いくらでもいる。一体どういう女性たちなんだろう、と私は思った。

「ええ、今日は、正に衝撃的なニュースをお伝えしたいと思います」

司会者は、アナウンサーというより漫才でもやりそうなタイプだった。

「今、ここで再現しましたのは、実は今から百年前、実際にイギリスはロンドンの下町で起った事件なんです！」

これが「再現」じゃ、さぞかしジャックも目を丸くしているだろう、と思った。

「五人の売春婦を次々に殺害、鋭い刃物で、内臓を抉《えぐ》り取ったという、残忍な殺人鬼。これが、〈切り裂きジャック〉なんです。名前ぐらいはご存知の方があるかもしれませんね。さて――」

と、司会者が言ったところで、カメラが私の方を向く。

さすがに（というのも変だが）、こっちもちょっと緊張する。

「今日のお客様は、犯罪評論家の、鈴木芳子さんです」

私は自分で吹き出しそうになってしまった。――犯罪評論家ね。

鈴木を鈴木にしたのは、やはり、私は本来第九号棟に入ったきりのはずの人間だからで、もし、あの病院の関係者がこれを見ているとまずいからである。

もっとも、顔の方も、かのルパン氏の手を借りて、大分イメージを変えてしまったからまず怪しまれることはあるまい。

「ええ、鈴木さんは、長年、切り裂きジャックの研究をして来られたんですね」

「そうです」

「今日来ていただいたのは、実に恐るべき、重大な発表がある、とうかがったからなんですが……。それはどういうことですか？」

「はい」

私は、まことしやかに、メガネを直して（かなり年齢のいった女教師という格好をしているのである）、TVカメラをじっと見つめた。「私は、警告しに参ったんです」

「といいますと？」

「切り裂きジャックが、よみがえって来た、ということです」

スタジオ内の主婦たちが、「エーッ！」とか、「ワーッ」という声を上げる。

「それは、つまり――」

「これは最近起きた二つの殺人事件です」

私は、三原冴子、早野恭子殺しの新聞の切抜きをパネルにしたものを、手に持ってカメラへ向けた。

「なるほど、喉を刃物で切られている、というわけですね」

とっくに分っているはずの司会者が、真面目《まじめ》な顔で肯く。「それ以外に、これが切り裂きジャックの仕業だという証拠は？」

「これを見て下さい」

私は、三原冴子が、突然、「アニー」と名乗るようになったという小さな記事を示して、それから、岡田君江、北山恵子、と次々に、別名を名乗るようになった次第を説明した。

「なるほど。それで？」

「これを見て下さい」

私は、本物のジャックの手にかかった五人の被害者の名前を一覧にしたパネルを出し、一人一人を当てはめて行った。

「早野恭子さんはここに入っていませんが、彼女は、メアリ・アン・ニコルズを名乗った岡田君江さんの夫の愛人でした」

「まだ抜けているのは、エリザベスとキャサリンですね」

「エリザベスは、ピアニストの牧邦江さんです。そしてキャサリン・エドウズを名乗っているのは――」

と、〈ここで間を置く〉という台本の指定通り、一呼吸置いて、「歌手のキャサリンさんです」

スタジオ内が、どよめいた。

「すると五人全部が揃《そろ》っている、と？」

「そうです」

「偶然とは思えませんね」

「これは明らかに、ジャックの復讐《ふくしゅう》を意味しています。一刻も早く、ジャックを逮捕しないと……」

「キャサリンは、全く行方が分らなくなっているそうですが、もしかして――殺されているということは?」

司会者が真剣に訊いて来る。――プロってのは大したものだ、と思った。

「いいえ、彼女は無事です」

「すると、キャサリンがどこにいるか、ご存知なんですか?」

「三原冴子さんを除く四人、全員が、ある病院に保護されています。でも、警察が早く、これらの事件を、切り裂きジャックによる犯行と気付いてくれないと、四人はいつまでも危険にさらされることになります。それを訴えるために、今日、私はここにやって来たんです」

と、強調する。

素人の初出演にしちゃ、なかなか決っていたと思う。

「分りました。これは大変に大きなニュースですから、またCMの後で取り上げて、警察の方の意見もうかがってみたいと思います。それではCM――」

と言いかけたところへ、突然背後から、黒いマントの男が、ナイフを振りかざして現われる。――これも、台本にちゃんと入っているのだ。

だが——。

「危い！」

と、鋭く一声。

空中をヒュッと風のように飛んで来た影一つ。すぐに事情を悟った私は、

「だめよ、ダルタニアン！」

と叫んだ。

が、遅かった。ダルタニアンは、まるでトランポリンでもやってるみたいに、私の頭上を飛び越えると、背後のマントの男——どこかの役者なのだ——のわきへ降り立った。同時に、ヒュッと空を切る音。

やった！

私は目を——つぶらなかった。

マントの男の、上衣《うわぎ》のボタンがちぎれて飛んだ。と思うとマントがフワリと二つになって落ち、続いてズボンがストンと足下に……。

スタジオ内の主婦たちがキャーキャーと声を上げて喜んで（？）いる。

「——仕立ての悪い服ですな」

ダルタニアンは、何食わぬ顔で言ってから、TVカメラの方へ向いて、ニッコリ笑

ってみせたのである……。

「やり過ぎよ」

と私がにらんでも、ダルタニアンは涼しい顔で、

「しかし、みんな喜んでましたよ」

「でもね……」

「まあご心配なく。――しかし、反響の方はどうですかね」

私たちは、TV局のロビーに座っていた。

あの放送に対して、警察の方では、まだコメントを出していなかった、面子《メンツ》のうるさい世界なのだ。素人の指摘を、なかなか受けいれることはできないのだろう。

「やあ、どうも」

と、あの番組のプロデューサーが、頰《ほお》を紅潮させて、駆けて来た。「いや、凄《すご》い反響ですよ。新聞社からも、一斉に問い合せが来ているし」

「良かったわ。目的を果したことになるもの」

私はホッとした。

「いや、うちの局としても、早速スペシャル番組をやろうということになって」

「またやるんですか？」

私は呆《あき》れて訊いた。

「ここでやるんじゃ能がありませんからね」

どっちにしたって能がない、とは思ったが、さすがにそうは言わなかった。

「じゃ、どこで——？」

「ホテルです。Ｋホテルの大宴会場を借り切って、〈切り裂きジャック復活、大謝恩パーティ〉！」

「大謝恩パーティ？」

「いや、タイトルはまたこれから考えます。もっと派手なものにして。——どうです、仮装パーティ、なんてのは」

「何の仮装をするんですか？」

「ジャックがいた当時の格好、ということにするんです。男は英国紳士風、女は古めかしいドレス。音楽もウィンナワルツか何か流して——」

「ロンドンで、どうしてウィンナワルツなんですの？」

「いいじゃないですか。どうせヨーロッパだ。同じようなもんでしょ」

ＴＶ局の人間が、この程度の認識じゃ国際摩擦が起るのも無理はない。

「ですけど——一体何をやるんです？」

「切り裂きジャックが現われるんじゃないか、ってわけですよ、もちろん」

「そんな——TVの中継か何かやってる所へですか？」

私は、もはや呆れるのを通り越して、感心していた。こういう人たちの発想には、とてもついて行けない！

「ですから、その辺で、ご協力いただきたいんです」

「私が？　私はただの——」

「いや、例の五人——いや、残る四人の被害者たちの入っている病院を、ご存知なんでしょ？」

「ええ、まあ……」

ああ言った手前、知らないとは言えなかった。

「そこから、例の四人を、借りて来たいんですよ」

これには、ただ唖然《あぜん》とした。

「つまり——その四人をTVに出す、っていうんですか？」

「パーティの主賓ですよ。こちらで衣裳は用意しますし、キャサリンには歌も一曲歌わせる。最高のPRになると思いますけどね……」

「失礼ですけど――」

と、私は丁重に言った。「気は確かですか？　もし、その会場に切り裂きジャックが紛れ込んで、四人を狙ったとしたら、どうなります？　万一、他の人でも被害にあったら、大変なことになりますよ」

「それこそ、こっちの狙いですよ！　殺人犯逮捕の現場、生中継！　視聴率四十パーセントは固い！」

と、相手は大真面目なのである。

「でも――」

「ご心配なく。問題の四人の身辺は、責任を持って、ガードします」

「そうおっしゃられても……。どうやって守るつもりなんですか？」

「我々、全社員が出動します。それにガードマンを大量に雇って、配置します」

却《かえ》って混乱しそうだ。

「それに――」

と、プロデューサーは続けて、「そうなりゃ、当然、警察も出て来ますよ。それはタダですから」

何のことはない。捕らぬタヌキの皮算用《かわざんよう》、というやつである。

「でも、ジャックがそんな所へノコノコやって来るとは思えませんわ」

と私は言った。

「来なくたっていいんです」

「は？」

「来るかもしれない、という期待で、視聴者を最後までつなぎ止めておきゃいいわけですからね。スポンサーが喜びゃいいわけですよ」

何てめちゃくちゃな話だ！

「それに、やらせで、ジャック役を誰かに演じさせてもいい。もっとも――」

と、ダルタニアンの方をチラッと見て、「こちらの方の、さっきのお手並を見て、誰もやり手がいないかもしれません」

「あれは申し訳ありませんでした。説明しておかなかったので」

「いや、とんでもない！」

と、プロデューサーは手を振って、「あれでいいんですよ！　TVってのは、ハプニングが命ですからね。一秒先に、何が待っているか、作る側にも分らない。それが緊張感となって、見る者に伝わるんです」

そうかしら、と私は、かなり疑わしく思った。

「ともかく、病院側がきっと承知しないと思いますけど」

と私は言った。

「それはこれ次第ですよ」

と、指で輪を作って見せる。

「お金ですか?」

「スポンサーがついてるんです、既にね」

「その番組に? もうスポンサーが?」

私はびっくりして訊き返した。

「映画の配給会社ですよ」

「そこが、どうして……」

「いや、実はね、今度、切り裂きジャックを扱った映画が公開されるんですよ。どうも内容が暗くて地味だし、というので、下手をするとオクラ入りになりそうだったらしいんですがね。今日のショーの話で、大喜びして、ぜひ宣伝に使わせてほしい、と」

「殺人事件ですよ」

と、私は顔をしかめた。「映画の宣伝に、なんて、不謹慎じゃありませんか」

「ま、そりゃごもっともなご意見です」

私も、こういう方面の職業の人間と、そう何度も会ったわけじゃないが、はっきりと気が付く共通点がある。

それは、相手の言うことに、すぐ同意するということだ。しかし、その同意は一種の反射作用なのであって、決して責任ある回答ではないのである。

「しかし、さっき、あなたもおっしゃったように、世間に広く、ジャックの恐怖を認識してもらうためには、かなり大々的なことをやらなきゃだめですよ」

なかなかうまいことを言う。

「そのスポンサーがパーティをやれ、と言ってるんですか？」

「そうではありません。しかし、費用の一部を負担してくれることになっています。そうなると、ますます、うちとしても乗りやすいわけでして……」

私は迷った。

ホームズ氏は、できるだけ、派手に宣伝した方がいい、と言っていた。

しかし、まさか、そんなパーティまでやるとは思っていないだろう。ともかく、あの四人を第九号棟から出すということになると、今より遥《はる》かに危険は大きくなるわけだ。

たとえ、ジャックを本当におびき出せて逮捕できたとしても、その代りに、誰かが殺されてしまったのではなんにもならない。

「ともかく、もう会場は押えてしまいましたし、今さら断られても困るんです。私のクビがかかっていますからね」

あなたのクビなんか知らないわ、と言いたいのを何とかこらえて、

「ともかく、ここですぐに決めるというわけには——」

と言いかけたとき、何やら急にロビーが騒がしくなったのに気付いた。

手に手に、カメラやハンドマイクを持った男たちが数十人、塊となって、こっちに突進して来たのである。

呆気《あっけ》にとられている内に、私はTVカメラやマイクの渦の中に飲み込まれてしまっていたのだった……。

# 悲劇の下準備

さびて、キイキイと変な音のするショッピングカーを引いて歩いて来る娘を見て、英子は戸惑った。

英子は、人の顔を憶《おぼ》えることには自信があった。付き人、などという仕事をしていると、スターに代って、会う人会う人の一人一人を、ちゃんと憶えておかなくてはならない。

世の中には、一度会ったきりなのに、スターが自分のことを憶えていてくれると思い込んでいるうぬ惚《ぼ》れ屋が、いくらでもいるものなのである。

スターは、いつも寝不足で疲れている。誰《だれ》とでも、仕事となれば笑顔で口をきくのだが別れてしまえば、今会ったのが男か女かだって、ろくに憶えていない。

代りに、英子が憶えていなくてはならないのである。

その英子でも、今、こっちに向って歩いて来るのが、雪ヒロミだと断言はできなかった。似てはいるけど——でも——。

雪マサミなら、どんなに変っていても見分ける自信がある。しかし、妹の方となると……。

それに、こんなに疲れて、やつれてはいなかったはずだ。

向うが、英子に目を止めた。ちょっといぶかしげに眉《まゆ》を寄せて、そのまま古びたアパートの中へ入って行こうとしたが——。

「あら」

と、足を止めて振り向き、「英子さんでしょう?」

「ええ。ヒロミさんね」

英子はホッとした。「鈴本さんからここを聞いて」

「この間ここへ来た人ね? 何だか面白い人だったわ」

ヒロミは笑顔になった。——間違いなく、雪ヒロミだった。

「マサミさんは?」

「部屋にいると思うわ。どうぞ」

ヒロミが先に立って、アパートの中へ入って行く。

英子は、少し安心して、同時に後ろめたい思いで、ヒロミの後をついて行った。

「水でもかけられて追い払われるかと思ったわ」

と、英子は言った。

「どうして？　あなたは、姉にとてもよくしてくれたわ」

ヒロミはドアを開けた。「お姉さん。――お客様よ」

中は静かだった。

「――変ね。上って」

ヒロミは奥の部屋を覗《のぞ》いた。「何だ。お昼寝してるわ」

「じゃ、起さないで」

と、英子は言った。「ここで待たせてもらっても――？」

「ええ、もちろん。座って。お茶でも淹《い》れるわ。他に何もないけど」

ヒロミが台所の方へ歩いて行く。

英子は、襖《ふすま》を細く開けたまま、中を覗いて見た。

雪マサミが、横になっている。――普通の人には、たとえかつてマサミの大ファンだったとしても、それがマサミだとは分るまい。

しかし、付き人として、ほとんど一日中を一緒に過した英子には、すぐに見分けられた。もちろん、そのこけた頬《ほお》に、かつてのアイドルの面影はなかったが。

そして英子は、思いがけないものを見た。

鈴本芳子は、ここの場所だけしか、英子に教えなかったのである。

「――ヒロミさん」

英子は、畳に座ると、言った。「あの子供……」

「姉さんの子よ。誰が父親か、見れば分るでしょ」

ヒロミは、お茶を淹れながら、静かに言った。英子は愕然《がくぜん》として、

「じゃ――竜建一が？」

「一度か二度だったと思うわ。私も詳しいことは知らないけど。――暴行同然にね」

「まあ」

英子は、言葉もなかった。

「姉さん、うぶだったから、竜建一にコロッと騙《だま》されたのかもしれないわ。あんなプレイボーイにかかったら、赤ん坊みたいなもんだわ」

それは確かにその通りだ。

それに、若くしてスターになると、実生活は常に監視され、歌やドラマの中だけで恋をするという、およそまともでない生活を強《し》いられる。

「恋」という幻のイメージだけが、スターの中でふくれ上って、現実の恋の持つ残酷

さ、危険性は、消え去ってしまうのである。

そしてそこから悲劇は生れる……。

ヒロミがお茶を出して、前に座ると、英子は、両手をついて頭を下げた。

「申し訳ないことをしたわ。──私がついていながら……」

「やめてよ。英子さんのこと、恨んでなんかいないわ」

ヒロミは、急いで英子の手をつかんだ。「いくらあなたでも、姉さんに二十四時間、くっついているわけにはいかなかったんだから」

「それにしても……。建一はひどい奴《やつ》だわ！」

「建一だって知らないのよ。まさか姉さんが自分の子を生んでる、なんてね」

「どうしてねじ込んで行かなかったの？　あの子を見れば、誰だって一目で竜建一の子だと分るわよ」

「あんなに似て来たのは、この三カ月くらいなのよ」

と、ヒロミは微笑《ほほえ》んで、「前は、それほどじゃなかったし、それに、もし行ったところで、誰が相手にしてくれたかしら？」

そう言われると、英子も、答えようがなかった。

ヒロミは、話を変えて、

「今はまた大変みたいね。あのキャサリンっていう子――」

「ええ。あの子にまで万一のことがあったら、もうこの世界とは縁を切るわ、私」

と、英子は言った。

「だけど、何だかTVパーティをやるとか聞いたけど」

「ええ」

英子は肯《うなず》いて、「鈴本さんも、ただじっと待っているより、少しは危険があっても、その方が一気に解決できる、って……」

「怖い話ね。百年前の殺人鬼が現代によみがえるなんて」

「信じられないような話だけど、事実なのよ。――キャサリンが無事でいてくれるように祈るわ」

「私、あの子、才能があると思うわ」

ヒロミの言葉に、英子は微笑んだ。

「あなたもね」

「私？」

と、ヒロミが戸惑う。「私がどうしたの？」

「私、今日はただ、あなた方に会いに来たんじゃないのよ」

と、英子は言った。「あなたのことを、任せてもらえないかと思って」

「私のことを？」

「ええ。——歌手として、デビューする気はない？」

英子の言葉に、ヒロミは唖然《あぜん》として、

「私が歌手に？」

と訊《き》き返した。

「私、憶えてるのよ。あなた、よくマサミの歌を口ずさんでた。むしろあなたの方が上手なくらいだったわ」

「待ってよ。それは——」

「分ってるわ。あなたは私のいる世界を憎んでるでしょう。お姉さんを、あんな風にしてしまった世界をね。でも、みんなに愛される歌を歌っていくって、決して間違ったことじゃないと思うのよ」

ヒロミは、意外なほど穏やかな笑顔を見せて、

「あなたの言うことは、よく分るわ」

と肯いた。「でも——やはり無理よ」

「お姉さんの入院費用も、社長に出させるわ。私が言って、必ず。信じてちょうだ

い」

と、英子は身を乗り出すようにして、言った。

「こんなにくたびれたアイドルがいるかしら？」

と、ヒロミは笑った。

「今度の、例のパーティがデビューの場。どう？」

「あの、切り裂きジャックの？」

「そう。絶対に視聴率は高いし、注目されるわ。キャサリンも出るから、一緒に、あなたを紹介するの。——これは、決して私の罪滅ぼしのつもりじゃないのよ。そんなことで、人気は手に入らない。やっぱり、あなたの魅力よ。それがあなたにはある、と私、信じてるの」

「あれは、確かもう来週——三日ぐらいしかないでしょ？」

「歌わなくてもいいのよ。雪マサミの妹、として紹介すれば、必ず目をひくわ」

ヒロミは、あまり気のない様子で、

「もの好きね、英子さんも」

と言った。

「あなたが承知してくれたら、私、責任を持って、社長を説得する。社長も、心の底じゃマサミに悪いことをした、と思ってるのよ。だから、きっと力になれるわ。――お願い。考えてもらえない？」

ヒロミは、しばらく黙っていた。考えている、というよりは、ぼんやりと、何かを待っている様子だった。

「――英子さん」

ヒロミは、静かに言った。「私、疲れてるの。夜、働いて、昼間はこうして家のことをやって。――姉と子供のことも、放っておけないし……。私には野心なんかないわ。それは、知ってるでしょう」

「ええ」

「姉さんは違った。有名になりたがってたわ。スターに憧《あこが》れてた。――私はね、もしあなたの言う通りにするとしたら、お金のため。もう少し楽をして、もう少し安心して暮したいからよ」

英子は、黙っていた。その言葉に、ヒロミが過してきた辛《つら》い日々が、にじみ出ていた。

「ただ――お姉さんが、どう思うかしら」

ヒロミは立ち上った。「起そうかしらね。子供も、却《かえ》って夜、寝なくなっちゃうから」

襖を開けて、奥へ入って行く。

「お姉さん。――起きて。英子さんよ。――お姉さん、ねえ、お姉――」

不意に、言葉が途切れた。

ただならぬ気配に、英子が腰を浮かしたとき、ヒロミが這《は》うようにして、出て来た。

「救急車を――救急車を！」

と叫び声を上げる。「息をしてないの！　二人とも！――ああ、早く！　救急車を呼んで！」

英子は愕然として立ち上った……。


「どういうことなの？」

と、女が詰め寄った。

いや、喫茶店で、テーブルを間に挟んで話をしていたのだから、本当に詰め寄ったわけではないが、その言い方が迫力満点で、正にぐっと詰め寄る感じだったのである。

「ちょっと待ってくれよ。僕は別に――」

「奥さんは男と逃げた、って言ったじゃないの。あれはでたらめだったのね」

「いや、僕は本当にそう思っていたんだ。本当に、自分で姿を消しちまったんだから」

「じゃ、どうして、あんな病院に入ってたの？」

問い詰められている男——牧浩市。あのピアニスト、牧邦江の夫、兼マネージャーである。

ただでさえ、いつも不機嫌な顔をした男だ。今は更に渋い顔をしている。どんな渋柿《しぶがき》を食べても、こんな顔にはなるまい、と思えた。

「それが僕にもさっぱり分らないんだ」

と、牧は肩をすくめた。「警察の方でも、病院をかなり厳しく調べたらしい。ともかく、誘拐《ゆうかい》同然に連れ去った、というんだからね。しかし、病院の方にも、受け入れの記録がないっていうんだから」

「どういうことなの？」

「さあね。——ただ、あの手の怪しげな病院だと、金次第で、患者を入れっ放しにしておくこともするんだ。そんなときは、下手につつかれても、知らないと言い張ることはあるかもしれない」

「では、入院していたっていうのは——」

「全然、自分のことが分らないらしいんだ。例のエリザベス、何とかという――」

「切り裂きジャックの被害者だと思い込んでるっていうんでしょ？」

「そうなんだ。だからこっちにも何の連絡もなかったわけさ」

フーン、という顔で、女はタバコをふかした。

女の方は二十七、八か。いや、本当の年齢は誰も知らない。

「じゃ、ともかく、奥さんは、音楽家としてはもうおしまいなのね」

「そりゃそうさ。もちろん、回復して、元通りになりゃ別だが」

「そうね」

と、女は肯いた。「そしたら、相変らず別れられないってわけね」

女はタバコをギュッと灰皿に押し潰《つぶ》した。その勢いに、また牧はギョッとした。

「なあ、落ちついてくれよ。僕は――」

「いい加減にしてよ！」

と、声のトーンを上げて、「『もし、こうなったら』、『もし、ああなったら』――。

これ以上、『もし』はごめんよ！　待つのは飽きたわ、私」

「ね、声を小さく。――お願いだ」

「私を引き止めたいの？　それとも、飯の種の奥さんの方が大事？　はっきり返事をそう面と向かって言われると、牧としても困ってしまう。いや、こんな場合に困らないくらいなら、初めっからこんな状況には至らないはずである。

「そりゃあ、君の方が大切だ。当り前じゃないか」

と、牧は言った。「しかしね、うちの事務所にとっちゃ、邦江はドル箱なんだ。あいつがいなくなって、大騒ぎしてたのが、また見付かったってんで社長なんか祝杯を挙げてる。――そりゃもちろん、僕が邦江と別れたって、ビジネスはビジネスでやっていくことはできるさ。僕はね。しかし、邦江の方はとても無理だ」

「当然、事務所を移る、と言い出すでしょうね」

「そうなったら、社長はためらわずに、僕のクビを切るよ、間違いなくね」

「そうでしょうね」

女は平然と言った。「そしたら、あなたを捨てるわよ、私」

「おい！」

牧が顔をこわばらせた。「いくら何でもそんな――」

「冗談じゃないわ」

と、女は笑った。「誰が、あんたに本気で惚れると思う？　私を売り出してくれると思えばこそ、付き合ってあげてるのよ」

「なあ、君は――」

「いいこと」

と、女は遮って、「私はね、今だって充分に食べて行けるのよ。生徒を取って、適当にアルバイトをやって。でも、できればピアニストとして認められたい。名声が欲しいの。だから、あなたに近付いたのよ。それはよく分ってるはずだわ」

「そりゃ……そうだが」

牧は不安げに女を見て、「しかし――最初はそれが目的でも、今は本気で僕を愛してくれてるのかと……」

女は軽く声を上げて笑った。――牧はゴクリと唾《つば》を飲み込んだ。

「愛してる、と言ってあげてもいいわよ。あなたが、奥さんの代りに、私を、あなたの所のトップに扱ってくれればね」

女は、じっと自分の指の長い手を見つめて、

「腕前なら、奥さんに負けやしないわ」

と言った。

「――分った」

牧は、ふっと息を抜いて、言った。

「どう分ったの？」

「君を売り出すってことさ。本気でやってみせる」

「結構ね。で、奥さんは？」

牧は、少し間を置いて、

「三日後のパーティに、あいつは出席する」

と言った。

「切り裂きジャックのね？」

「そうだ。もちろん、本当に切り裂きジャックなんてのがいるのかどうか、分ったもんじゃない。しかし、万一現われたら……」

「警察だって張り込んでるでしょ」

「当然な。知らない奴は近付けないようにするだろう。だが――亭主なら、近付ける……」

女はゆっくりと肯いた。

「――驚いたわ。なかなかいいことを考えるのね」

「そうだろう？」

牧はニヤリと笑った。——牧の表情からは、おどおどしたところが消えていた。

「で、奥さんは——」

「姿なき殺人鬼にやられる。絶好の機会じゃないか」

「同感だわ」

と、女は新しいタバコに火を点《つ》けた。

「そうだ」

と、牧は何か思い付いた様子で、「君も来てみないか？」

「そのパーティに？　危くない？」

「その殺人鬼が？　大丈夫さ」

牧は笑って、「あんなのは、きっとやらせだよ。今のＴＶ局なら、それぐらいのことはやりかねない」

「それもそうね」

「入るのは簡単だ。僕が話をつけておく」

牧は、ちょっと考え込んで、「——いい考えがある。君も出演してピアノをひくんだ。どうだい？」

「私が？」

「邦江が会場で弾くことになってる。それを君が代りにやるんだ。邦江の方は僕に任せろ」

「TVに映るわけね」

女の目が輝く。

「そうさ！　君の美貌《びぼう》が、たちまち印象づけられる。CFの出演依頼の一つや二つは、必ず舞い込むさ」

「悪くないわね。――飛び入りで大丈夫？」

「そこは生中継のいいところさ。やっちまえばこっちのもんだ」

「牧邦江でなく、夏川ユミの名が知れ渡るわけね。それ、いけるじゃないの」

夏川ユミ――無名のピアニストである。

無名であるが故にこそ、名声に憧れ、そのためなら、手段を選ばない女なのだ。

「じゃ、僕に任せてくれるかい？」

と、牧は言った。

「いいわ」

夏川ユミは、タバコを、今度は静かに灰皿へ押しつけると、「今夜、任せてあげてもいいわよ、私のことをね」

と、微笑んだ。

「一体どうなることやら」

と、私はため息をついた。

「ホームズさんには、きっと何か考えがあったんですよ」

と、一江が慰めるように言った。

「そうね」

私は、一江が淹《い》れてくれた紅茶をゆっくりと飲んだ。「――それにしても危い賭《か》けだわ。いくらダルタニアンがついてるといったって……」

屋敷の居間である。

もう、例の「切り裂きジャックの流血パーティ」(何てひどいネーミング!)は明日の夜に迫っていた。やはり、お茶の間の夕食時間というのでは、ジャックも出にくいだろう(?)というわけで、夜、十時半から深夜までの生中継ということになった。

「でも、ホームズさんのことですもの、そんな危険なことはなさらないでしょ」

と、一江が言った。

「そうね。――名探偵ってのは、本当に始末が悪いわ。いくら訊いたって、本音を言ってくれないんだから」

一江がクスッと笑って、

「失礼しました。でも、お嬢様がそんなことをおっしゃると、何だかおかしいですわ」

「そう？」

私も仕方なく笑って、「ともかく、私はまたパッとしない犯罪評論家になって、TVに出なきゃいけないのよ」

「仕方ありませんわ。素顔でお出になったら、目立って仕方ありませんもの」

「まあ、一江さんらしくもない。お世辞なんて。——それはともかく、ホームズさんたちを、うまくトンネルから連れ出して、間に合うように会場へ連れて来てね」

「はい、必ず」

こういうとき、一江ほど信頼できる人もいない。

「病院の人たち、みんな呆気《あっけ》にとられてたわね、TVでインタビューされて」

「そりゃそうですわ。知らない内に入院患者がふえていたりして」

「でも、トンネルのことを知られないように、ホームズさんやダルタニアンも、扮装《ふんそう》してもらわないとね」

「ロビン・フッドを連れて行くとおっしゃってましたけど」

ロビン・フッドは、その名の通り、弓の名手である。確かに、広い場所で、すぐに駆けつけるというわけにいかない場合には、便利かもしれない。

「あの四人の仕度はすんだのかしら？」

「ええ、今日、TV局の人が第九号棟へ入って、衣裳合せをしたようです」

「四人のことは、向うへ着くまではTV局の方で充分にガードしてくれるでしょ。

──問題はパーティ会場よ」

「何が起るか分りませんものね」

「そう……。私にも予測がつかないわ」

と、私は呟《つぶや》いた。

「あの──」

と、一江がちょっとためらいがちに言った。「もしよろしければ、これをお持ちになって下さい」

「なあに？」

一江が差し出したのは、古ぼけた感じのボールペン。持ってみると、いやに重い。

「ずっしり来るわね」

「それ、単発のピストルなんです」

私は目を丸くした。なるほど、軸がのびて、弾丸を一発だけ入れられるようになっている。

「頭の所を引くと弾丸が出ます。一メートルくらいの近い所でないと、威力がないと思いますけど。——これが弾丸です。三発あります」

と、ティッシュペーパーにくるんだ弾丸を渡してくれる。「横浜へ行ったとき、ヒョンなことで手に入って。ずっと持っていたんです」

「まあ怖い。私が気に入らなくなったら、ズドン、ってやる気だったんじゃない？」

「まさか」

と、一江はおっとりと微笑んだ。

不思議な女性である。

「それにしても、心配なのは、美子さんと美保ちゃんね、犯人からは何の連絡もないし……」

「そうですね。——あら、誰かしら」

玄関のチャイムが鳴ったのである。

一江が出て行って、少しして戻って来た。英子が、一緒である。

「あら、英子さん」

と、私は立ち上って、「雪マサミに会いました?」

英子は、やや青ざめていた。何かを決心したような表情。

「雪マサミは死にました」

と、英子は言った。

「何ですって?」

私は啞然として、「死んだ?」

「子供も一緒に。——窒息です。枕《まくら》のようなものを、顔に押しつけられて」

「じゃ——殺された?」

「そうです。子供も、母親の方も。子供をなくして、抵抗する気力を失っていたんだと思います」

「一体誰が——」

と言いかけて、私は、ゆっくりと肯いた。

「他に考えられません」

と、英子は言った。「建一です。あのアパートへ、ヒロミさんのいないときに訪ねて行って、自分そっくりの子供を見たんですわ。そして——」

「スキャンダルになるのを恐れて……。でも、ひどいわ！」

「警察は、そう思っていないようです。強盗か何かの仕業だと……。そんなこと考えられませんわ！」

英子は烈《はげ》しい口調で言い切った。

私の胸に怒りが燃え上って来た。

「で――どうします？」

英子は、私をじっと見つめて、言った。

「明日のパーティで、決着をつけますわ」

私はゆっくり肯いて、

「力になります」

と言った。

「ありがとう。でも、私にはこの人が――」

英子が振り向くと、目を見張るような、真っ白なドレスの娘が入って来た。まぶしいような美しい娘……。

「ご紹介します」

と、英子が言った。「明日、デビューする、新人の雪ヒロミです」

# 終幕の開幕

「オーケー。ライト、こっちへ向けて！――もう少し、ステージの方に振って！」

声が響く。

びっくりするほど大きなホールだ。

もちろん、まだ準備中で、ほとんど人が入っていないせいもあるだろうが、ここが一杯になるには、相当の人数が集る必要があるだろう。

「――じゃ、くれぐれもよろしく。キャサリンは、ちゃんと歌えます。昨日、確かめてありますから」

と、プロデューサーに念を押しているのは、キャサリンのマネージャー、木村である。

「木村さん」

私が声をかけると、木村は足を止めて、ちょっといぶかしげに見た。

「私です」

と、メガネを取ると、木村はギョッとした様子で、

「あ、どうも！」

と、キョロキョロ辺りを見回し、「あの変な人はいないでしょうね？」

ダルタニアンのことを言っているのだ。私は笑いをこらえて、

「まだ来ないと思いますから、ご心配なく」

「そうですか」

木村はホッとしたように、「いや、この間、ズボンを落されちゃったときは、女房が、てっきり浮気して来たんだと誤解しましてね、ひどい目にあいました」

「それはお気の毒さま」

「それにしても……」

木村は、ホールをぐるっと眺め渡して、「えらいことを考えたもんだな」

「これでもちゃんともとがとれるなんて、信じられませんね」

「広告費ってのは莫大《ばくだい》ですからね。特に映画の場合は、どう効果的に使うか、配給会社の腕の見せどころですよ」

「アイデアですね」

「そう。――ま、僕もキャサリンと一緒に見たけど、大した映画とも思えなかったな。しょせん、マニア向けなんですよ。それを、このイベントで一般受けするように持って行ったら、少々金をかけたって、充分それだけのことはあります」

私は、ちょっと気になって、言った。

「今、キャサリンと一緒に見た、と言いましたね。その切り裂きジャックの映画を？」

「そうです。試写会でね」

――試写！

そうだった。何か、頭の中に引っかかっていたのだ。

「――どうかしましたか、それが」

と、木村が訊《き》く。

「いえ……。それ、キャサリンが見たいと言ったんですか？」

「さあ、どうかなあ。英子なら知ってるでしょうけどね」

「そうですか。――キャサリンは、その映画のことを、何か言っていましたか？」

「どうでしたかね……。あんまり憶《おぼ》えてないところを見ると、そう特別なことは言ってなかったんじゃないかなあ」

「キャサリンがその試写を見たのが、何日で、どこだったか分ります？」

「ええ。分りますよ」

木村が手帳を広げる。

私は、日時と場所をメモして、木村と別れた。木村は忙しそうに、ホールから小走りに出て行った。

——映画か。

気になっていたのだ。なぜ、あの五人が、揃《そろ》いも揃って、ジャックの被害者を名乗るようになったのか。

どこかに、五人の接点があるのではないか、ということが、心に引っかかっていたのである。

キャサリンのスケジュールを、英子の手帳で見たとき、〈試写会〉という項目があって、おや、と思った。

どこかで、〈試写〉という言葉に出くわしたな、と……。

岡田君江だ。岡田に奥さんのことを訊いたとき、よく試写会招待に応募していた、と話していたのだ。それを何となく、憶えていたのである。

「——あ、ここでしたか」

と、声がした。

朝田がやっと来たのである。

「いよいよ大詰めですね」

「今日、けりがつけば、美子さんも美保ちゃんも取り戻せるわ、きっと」

「無事でいてくれるといいんですが」

朝田は、やはり不安そうだ。時間がたてばたつほど、二人の安全がおびやかされていることになる、と考えていいだろうから、朝田の胸中は察せられる。

「でも、ホームズさんは楽天的よ。今朝も話したけど、『あの二人は大丈夫ですよ』と言ってたわ」

「そうですか。——いや、信じますよ。ホームズさんを」

「そうね。きっとホームズさんなりに、考えがあってそう言うのよ。ところでね——」

私は、今、木村の言ったメモを朝田に見せ、「この日時に、ここで映画の試写を見たかどうか、急いで調べてくれる？」

「映画の試写？」

「今日のパーティのスポンサーになっている作品よ。例の五人が、ここで顔を合せたんじゃないかと思うの、少なくともキャサリンは見ているのよ」

「なるほど。分りました。〈切り裂きジャック〉の映画ですね」

「そう。残る四人のこと、調べて、分ったら連絡して」

「すぐに当ってみます」

「悪いわね。美子さんのこと、気になるでしょうに」

「何かやることがあった方がいいです。気が紛れて」

朝田は微笑《ほほえ》んで、急ぎ足に出て行った。

入れ違いに入って来たのは、タキシード姿の、ホテルマンらしい男で、私の方へやって来ると、

「失礼します。ご結婚式の申し込みをなされた方ですね？」

「いいえ」

と首を振ってから、「——ダルタニアンじゃないの！」

「いかがです。似合いますか？」

ダルタニアンが、気取ってクルリと回って見せる。確かによく似合っている。

「いいわよ、とても。でも——剣は持っていないの？」

内ポケットから、三十センチほどの短いステッキみたいな棒を取り出すと、

「最新型です」

と、ヒュッと一振りして見せた。

シュッと、細身の剣が伸びる。

「ちょっと！　しまっておいてよ！」

と、あわてて私は言った。「TV局のスタッフが大勢来ているのよ」

そういえば……。私ははおったブレザーの胸ポケットに、手をやった。

一江がくれた、ボールペン型のピストルが、さしてあるのだ。

まあ、まさか暴発することはあるまいが、犯人の代りに自分の胸を撃ち抜くという
のも能のない（？）話である。念のため、まだ弾丸はこめていなかった。

パーティが始まってからでいいだろう。

もっとも、こんなものを使わずにすめば、それにこしたことはないのだけれど……。

「それにしても、いやに早く来たもんね」

と、私は言った。「ホームズさんも？」

「ええ。このホテルの部屋を一つ取りましてね。もう待機しています」

「まあ。じゃ、部屋代を――」

「ご心配なく。TV局につけときました。なに、分りゃしません」

ずいぶんちゃっかりしたダルタニアンである。「ああ、忘れてた」

「なあに？」

「あなたを呼んで来てくれと、ホームズさんから言われてたんでした」

「肝心なことを！　じゃ、行きましょう」

ホールを出てエレベーターの方へ、歩きながら、私は言った。

「例の四人はもう病院を出たの？」

「そのはずですよ。我々が出るとき――もちろん、トンネルからですが――TV局が来て、出発風景を、病院の前で撮ってました」

「大騒ぎだったでしょうね」

「院長がやけにめかしこんで、その割にTVカメラが自分の方を向いてくれないので、ふくれてましたよ」

私は思わず笑ってしまった。

十階でエレベーターを降りると、ダルタニアンの案内で、ホームズ氏の待つ客室へ。

「――どうぞご遠慮なく」

と、自分の部屋でもないのに、ダルタニアンがドアをノックして言った。

「お待ちしてましたわ」

一江がドアを開けてくれた。「とっても素敵な部屋ですよ」

入ってみると、何とスイートルーム。

ま、TV局は金持だから、構わないか。

「ルームサービスでお茶を取ったところです」

ホームズ氏は、優雅にソファに落ちついている。「一杯いかがです?」

「いただくわ」

私は長椅子《いす》にかけて、「でも、あんまりのんびりもしてられないわ。ホールの様子も見とかないと」

「例の四人は、この十階に上って来るはずですよ」

と、ホームズ氏が言った。

「じゃ、それが分ってて、この部屋を借りたの?」

「いや、TV局の関係者だと言ったら、ホテルの方で、気をきかして、同じフロアを取ってくれたのです」

「まあ、それは良かったわ。見張るにも不便がないわね」

私は一江がカップに注いでくれた紅茶をゆっくりと飲んだ。「——でも、どうしてこんなに早く来たの?」

「色々と検討したいと思ったんですよ。結末を迎える前にね」

と、ホームズ氏が言った。

「今日で、全部の結末がつくと思う?」

と、私は訊いた。

「おそらく」

ホームズ氏が肯《うなず》く。「そのために、四人が集るのですからね」

「やはりジャックがやって来る、と——?」

「ジャックもやって来るでしょう」

「というと……他にも誰《だれ》かが?」

「三原冴子、早野恭子を殺したのが切り裂きジャックだとしても、岡田を自殺に見せかけて殺したのは別人だと考えた方がいいでしょう」

「そうね」

「そもそも、今度の事件は——」

と、ホームズ氏はソファに座り直した。「被害者として選ばれた人間たちの間に、どういう関係があったのか、分らないままに、ここまで来てしまったわけです」

「そのことなんだけど——」

私は、映画の試写会のことを、ホームズ氏に話した。

「なるほど。確か、『黒い影』とかいうタイトルでしたね」

「そんな題だったと思うわ。少なくともキャサリンがああなったことと、彼女がその映画を見たこととは、関係があると思うの」

「その点は間違いないでしょうね」

「今、朝田君に調べてもらっているけど、もし、殺された三原冴子も含めて、五人が同じ試写を見ていたとすると……」

「それを見たことが、たとえば、五人の潜在意識を刺激した、ということはあるでしょうね」

「ただ……」

私は、ちょっと考え込んで、「五人がちゃんと、別々の被害者になった、というのは不思議ね」

「そこなんですよ」

ホームズ氏は肯いた。「私は、もう一度、調べ直してみました。一番初めに、ジャックの被害者を名乗るようになったのは、三原冴子だったんですよ」

「殺されてしまった人ね。アニー・チャプマンを名乗っていた……」

「そうです。みんなが同時にジャックの被害者になったわけではないんです」

「じゃ、あの試写会は関係ないのかしら？」

「いや、だからこそ、関係があるのかもしれませんよ」

ホームズ氏は、名探偵らしく（？）わけの分らないことを言い出した。

「でも――」

「ところで」

と、ホームズ氏は、私の言葉を遮って、「今日、この事件の関係者たちは、ここに全員集るわけですね」

「全員というか――そうね」

私はメモを取り出して、「読んでみましょうか」

「お願いします」

と、ホームズ氏が肯く。

その顔からは笑みが消えていた。戦いに臨む戦士のような厳しさが、漲《みなぎ》っている。

「まず、メアリ・アン・ニコルズ、こと岡田君江。夫と、その恋人早野恭子は殺されている、と。――エリザベス・ストライド、ことピアニストの牧邦江。夫で、マネージャーの牧浩市もついて来るわ。それから、キャサリン・エドウズを名乗っている、歌手のキャサリン。これは本名が門倉ルミ。マネージャーの木村、付き人の英子が来るわ。これには、前に、やはり歌手で、精神に異常を来《きた》して消えていった雪マサミの一件が絡んでいて、マサミは子供と共に死に、おそらく、その子の父親のスター、竜建一の手で殺されたと思われる。竜建一は今日のパーティに来るはずよ。それに、マサミの妹、雪ヒロミも。そしてもう一人、メアリ・ジェーン・ケリーを名乗る北山恵子。その妹の白川美子は、恵子の娘、美保ともども誘拐《ゆうかい》されて、行方不明。恵子の夫、北山は、ここへ来るかどうか、不明。白川美子の恋人、朝田は当然ここへ来る、と……。こんな所かしらね」

ホームズ氏は、いつの間にか、目を閉じていた。もちろん、眠っているわけではない。

私がメモをたたむと、ホームズ氏は、ゆっくりと目を開けた。

「――よく分りました」

「今夜、また殺人が起ると思う?」

と、私は訊いた。

「いや、起してはなりませんとも」

ホームズ氏が、力強い口調で言った。「そのためにこそ、我々はここにいるのです」

「僕もいます」

と、ダルタニアンが胸に手を当てた。

「関係ない人のズボンを落したりしないでね」

と、私は念を押した。

「──失礼します」

一江が、声をかけて来た。「今、着いたようですわ」

私たちは、スイートルームの奥の部屋から、急いで出ると、ドアを細く開けて、廊下を覗《のぞ》いた。

ガードマンや、私服の刑事らしい男、それにTV局のプロデューサーらに囲まれて、ヴィクトリア朝風のドレスに身を包んだ四人が、廊下を歩いて行く。

「──一人ずつ、別々の部屋に入って、そのドアの前でガードマンが警戒に当ることになってるはずですよ」

と、私は小声で言った。

「分りました。──では、後はパーティが始まるのを待つばかりだ」

ホームズ氏の口調は、気負いも消えて、穏やかだった。

私は、ホームズ氏たちのいる部屋を一人で出て、エレベーターで、下へ降りて行った。

パーティに使うホールは、一階にある。

このホテルでは、ロビーが二階に当るので、ホールは普通の感覚からいうと、地下一階ということになる。

ホールへ戻ってみて、びっくりした。

そう長い時間離れていたわけではないのに、まるで見違えるように華やかに飾られている。

ライトの量も倍にはなっているようで、中へ入ると、まばゆいばかりだ。

動き回っている人間の数も、ずっと多い。ほとんどはTVのスタッフで、カメラを設置したり、電源コードをまとめたり、マイクの具合をチェックしたり、見ている方が目が回りそうな忙しさで、動き回っている。

ポカンと見ていると、

「鈴木さん！」

と呼ぶ声。

鈴木？——誰だっけ。まあ、私のことなんだわ。

「あら、どうも」

振り向くと、プロデューサーが足早にやって来て、

「どうです？　なかなか立派なもんでしょう？」

と、得意げに言った。

「ええ。凄《すご》いですね」

と、私は素直に感心して見せた。「——あの正面のスクリーンみたいなのは何ですの？」

正面、ステージになった場所の上に、白い幕が下がっているのだ。

「あれは本当のスクリーンですよ」

と、プロデューサーが言った。「例のスポンサーが、『黒い影』のハイライトを上映したい、と言ってましてね」

「上映？　それじゃ、中を暗くするんですか？」

「まあ、そのときだけは……」

「危険じゃありませんか。監視の目だって届かないし」

「でも、切り裂きジャックだって、自分のことを映画でやっているわけですからね。きっと見とれてて、人を殺したりしないでしょう」

この楽天性！　怒るというより、呆《あき》れるしかない感じだった。

「例の四人は、無事にホテルへ着きましたよ。部屋へ一旦《いったん》入ってもらっています。場所は極秘ですから、絶対に分りません」

極秘どころか！——私は、笑い出してしまいそうになるのを、何とかこらえて、

「よろしくお願いします」

と言った。「で、進行の方は？」

「あなたには、やはりトップに出ていただきます。まず、切り裂きジャックについて、視聴者に解説していただきたいんです」

「そんなに詳しいわけじゃありませんけども……」

「大丈夫ですよ。どうせ見てる方だって、知りゃしないんだ。適当にでっち上げてください」

ひどいことになった。

「それから——」

「その後、例の四人の登場です。一人ずつ、本物の被害者の絵をパネルにして用意しましたから、殺された順に紹介して下さい」

「分りました」

「それから、そのとき、できるだけオーバーにやって下さい」

「オーバーに、ですか」

「そうです。もちろん、会場にも生のバンドを入れて、ジャーン、と盛り上げますが、やはり、説明に迫力がないと」

「あの――私、役者じゃありませんから」

「いいんですよ。素人っぽいところが、却《かえ》ってリアルで。うんと残酷さを強調して下さい。今の視聴者は、すれてますから、少々のことじゃびっくりしてくれません」

「はい」

「四人を、あのステージの上に並べて座らせます。それから、映画の配給会社の社長が、切り裂きジャック風のスタイルで現われて、一曲歌います」

私は目を丸くした。

「〈切り裂きジャックのテーマ〉でもあるんですか?」

「いや、古い歌ですが、〈錆《さ》びたナイフ〉という……」

「それ――日本の歌でしょ?」

「仕方ないんです。何しろスポンサーですから。その社長、カラオケ狂でしてね。どうしても一曲歌わせろ、と」

段々絶望的な気分になって来る。

「その次は、踊り出すんじゃないでしょうね？」

「いや、踊りはもっと後です」

私は、切り裂きジャックがもし今夜やって来るとしたら、彼に同情したい気分になっていた……。

「——ちゃんと進行の方は、専門の司会者がうまくやりますから。途中、パーティに集ったゲストへのインタビューを入れたりして」

「そうですか」

「そうだ。キャサリンの歌をそこへ入れようかな……。どうも、哀れな被害者が歌うにしちゃ、やたら明るい歌なんで」

好きにして下さい、というところだ。

「私、ちょっとトイレに——」

「ああ、それじゃ、後で詳しい進行表をさし上げますから。——そろそろ料理と飲物の用意をしてもらわないとな」

プロデューサーは、駆け出して行ってしまった。——何とまあ、忙しい！

トイレに、というのは逃げ出すための口実だったが、実際、ホールの中に、私がボンヤリ立っていると、突き飛ばされてしまいそうな雰囲気だったので、外へ出ることにした。

ホールの中の騒がしさが嘘《うそ》のように、閑散としたロビー。そう広いわけではないが、ソファなどが並べてあって、早目に着いてしまった人や、パーティに疲れて出て来た客が休めるようになっている。

そこに――女の子が一人、チョコンと座っていた。

まだ、せいぜい三つぐらいの……。

私は何となく、その子の方へ歩いて行った。かけていたメガネを外して、まじまじとその子を見る。

その女の子も、じっと私を見ていた。

「美保……ちゃん？」

と、私は言った。

女の子が、コックリと肯く。

「まあ！　どこにいたの？――ね、一緒にいたお姉ちゃんは？」

すると――美保はヒョイと立って、

「こっち」

と言うと、トコトコ歩き出したのである。

私はあわてて後をついて行った。

「——大丈夫なの？　けがとか、してない？」

「ウン」

「そう！　良かった。心配して捜してたのよ、みんな」

美保は、大きな瞳《ひとみ》で私を見て、

「どうして？」

と言った。

これ以上のことは、この子に訊いてもむだだろう。ともかく、白川美子がどこかにいるのなら……。

「こっち」

と、美保は、廊下を歩いて行く。

「どこまで行くの？」

と、私は訊いた。

「こっち」

と、美保はくり返す。

一つのドアの前で、美保は立ち止った。

「――ここ?」

と訊くと、美保が黙って肯く。

私は、ドアを開けた。

# 闇の声

電話が鳴ると、牧浩市は、ビクッとして、飛び上りそうになった。

「ああ——びっくりした」

と、妻の邦江の方へ笑って見せ、「いきなり鳴り出すと驚くなあ、やっぱり」

言いわけがましく言ってから、受話器を取る。

「はい。牧です」

「あと十分したら、一階のホールの方へ降りて来て下さい」

と、早口で言って、「ではよろしく」

パッと切ってしまう。

「やれやれ、忙しいことだな」

牧は引きつったような笑顔を邦江に見せて、

「ちょっと用事だそうだ。すぐ戻るからね」

と言ってから、部屋のドアを開けた。

ガードマンが振り向く。

「ちょっとお願いします。イヤリングを忘れて来て」

と、牧は言って、エレベーターの方へと急いだ。

エレベーターに乗ると、ホッと息をつく。

「やれやれ……」

一言も口をきかず、話しかけたって返事もしない。本当に、邦江の奴《やつ》、どうしちまったんだろう？

ピアニストとしての腕が落ちていないのは、さっきホールのピアノをちょっと弾いてみただけでも分った。

しかし、あんな状態で、やって行けるのだろうか？

エレベーターは、七階で停《とま》った。

牧は、人気《ひとけ》のない廊下を歩いて行く。

今夜のイベントは、かなり話題にはなりそうだ。もし、邦江がこのまま元に戻らず、例の――何とかエリザベスとかいう、別人だと思い込んだままでいるとしても、それが却《かえ》って宣伝になることはある。

何といっても、今は宣伝の時代だ。邦江のようなピアニストも、名を知っているのは、ごく一部の愛好家に過ぎない。

一般的な人気で、客を呼び、レコードを売るためには、少々音楽の本道を外れた手段も利用しなくてはなるまい。

それには、今夜のパーティが絶好の機会かもしれない、と牧は思った……。

あるドアの前で立ち止る。

ドアを叩《たた》くと、すぐに中から開いた。

「遅かったのね」

と、夏川ユミが言った。「来ないのかと思ったわ」

「向うの進行が、予定より遅れてるんだ」

牧は、中へ入って、ドアを閉める。

「まずいことでもあったの？」

と、夏川ユミが、顔をしかめた。

「いや、何でも、解説役の女が、時間になっても来ないんだとさ。プロデューサーが青くなってた」

牧は、椅子《いす》に腰をおろした。「——いいじゃないか、そのドレス」

「そう？」

裾《すそ》の長いドレスをまとった夏川ユミは、クルリと回って見せた。「あんまり気に入ってないのよ。でも時間もなかったしね」

「いや、よく似合うよ」

「そうかしら」

夏川ユミは、タバコをふかしながら、「で、どうなの？」

「大丈夫。もう始まってる。ＴＶ生中継なんだ。遅らせるわけにゃいかないさ」

「本当に切り裂きジャックが出るなら出てもいいけど、私の演奏が終ってからにしてほしいわ」

「出るもんか」

と、牧は笑って、立ち上った。「――おい、髪の飾りが、少し歪《ゆが》んでないか？」

「そう？」

と、夏川ユミは、タンスの上の鏡の方へ、身をかがめた。「これは、こんなもんでいいのよ。斜めにつけるもの――」

ユミの首に、牧の両手が食い込んだ。ユミが目を見開いて、もがいた。

牧は、彼女の力を甘く見ていた。ピアニストである。腕と手首の力は、男性並みにあるのだ。

ハイヒールのかかとで、足をぐいと踏まれて、

「ワッ！」

と、牧は悲鳴を上げた。

手の力が緩《ゆる》む。ユミが、牧の手を振り離して、力一杯、突き飛ばした。

牧は、だらしないことに、みごとに引っくり返った。

「この野郎！　何だってのよ！」

ユミは真っ赤になって、逃げるのも忘れ、怒りに任せて、テーブルの上の灰皿をつかんでいた。

「殺してやる――」

牧が、起き上って、向かって来た。

「裏切り者！」

ユミは、手を振り上げた。――重い、石の灰皿。

灰皿を振りかざしたのではなかった。振り上げた手が、たまたま灰皿をつかんでいたのである。

振り下ろした。ガツッ、と鈍い手応《てごた》えがあった。牧の額が割れて、血がサッと散る。

「ああ……」

牧が呻《うめ》いて、よろけた。

ユミは、何も考えずに、もう一度、殴りつけていた。ガン、と手応え。

そしてもう一度。——牧は声も上げずに、倒れた。

灰皿が、ユミの手から落ちた。

ユミは、ハアハアと肩で息をしていた。

体力はある方だが、およそ、暴力とは無縁の生活だ。——目の前に、仰向《あおむ》けに倒れて動かない牧を見て、体が震えた。

「ああ……いやだ……やめてよ」

と、呟《つぶや》きながら、牧の顔を、恐る恐る覗《のぞ》き込む。

牧は、目を見開き、口を開けて、ピクリとも動かなかった。頭の下に、絨毯《じゅうたん》を染めて、血が広がって行く。

死んだ……。殺してしまったんだ！

ユミは、その場に膝《ひざ》をついてしまった。しかし、牧の死体と二人きりでここにいるのなんか、ごめんだった。

逃げるんだ！　そう、私のせいじゃないんだから。——逃げるんだ！

それ以外のことは、頭になかった。

ドレスに着替える前の服を、かき集めて、脇《わき》にかかえ込んだ。靴。バッグ。――何もかも、抱きかかえるようにして、ともかく部屋を出ようと、ドアを開けた。

目の前に、誰《だれ》かが立っていた。

「あの――」

ユミは中へ押し戻された。「何でもないのよ！　私のせいじゃない！　この人が私を――」

と、倒れている牧の方へ目をやって、それから、視線を戻す。

その人物は、部屋へ入って来て、後ろ手にドアを閉めた。

「あなたは……」

ユミは目を見開いた。――目の前に、銀色の光を映す刃があった。

逃げようとした。手にしていた服や靴やバッグが、足下に落ちる。

クルリと振り向いたところを、背後から、抱きとめられた。

「やめて――」

それ以上、言葉は出なかった。

刃が、真一文字に、夏川ユミの喉《のど》を切り裂いていた。

「キャサリン・エドウズ」

と、深い、よく響く声が、会場に流れる。「実際の彼女は四十三歳でした。夫と別れ、運搬人と一緒に暮している、三人の子持ちだったのです」

会場に集っている人々は、じっと話に聞き入っている。

「一八八八年九月三十日午前一時三十五分のことでした――」

淀《よど》みない口調で、淡々とした語り口が、却って迫力を感じさせた。

プロデューサーは、ホールの隅で、胸を撫《な》でおろしていた。

全く、あの女性犯罪評論家が、いざ本番となると姿が見えないと分ったときは、真っ青になったものだ。TVの生中継を、「ちょっと待ってくれ」とは言えない。

どうしようかと困り果てているとき、

「よろしかったら私が」

と、自分から進んで引き受けてくれたのが、今しゃべっている男である。

プロデューサーは、まるで知らない。役者でも、アナウンサーでもないようだが、ともかく、

「切り裂きジャックのことは、よく知っています」

という言葉が、いかにも自然に聞こえたので、任《まか》せてみることにしたのだった。

結果は大成功だ。——本当に、切り裂きジャックのことをよく知っているらしく、何の資料もなしで、細かいデータまで、淀みなく話し続けている。

そのいかにもプロらしい口調に、いつしか客たちもおしゃべりをやめて、じっと聞き入っているのだった。

「こいつはいけるかもしれないぞ」

と、プロデューサーは呟いた。

こういう番組は、すべて予定通りに運べば、そこそこの視聴率が取れる。それが狂うと、もちろんたいていは台無しである。

しかし、まれに、こういうハプニングがプラスの方へ作用することがあるのだ。そんなとき、期待以上の視聴率を上げることがある……。

今夜も、プロデューサーは、そんな予感がしていた。

キャサリンが、ステージの前の方へ歩み出る。ひときわ明るい照明が、古めかしいドレスのキャサリンを照らし出す。

現代っ子の彼女が、意外なほど、その古風なムードに合っている。

さすがに、本来が人気歌手だけに、カメラのシャッター音、フラッシュの光が溢《あふ》れんばかりだ。

そして話は、最後の一人、北山恵子に移った。

「メアリ・ジェーン・ケリー。彼女こそ、切り裂きジャックの最後の犠牲者であり、かつ、最も凄惨《せいさん》な殺され方をした女性です。——一八八八年の十一月九日のことでした。深夜、午前三時半——」

再び、ホールの中は、シンと静まり返った……。


「ね！　竜建一！」

「え？　本当？」

女の子たちの声が、建一の耳には、もちろん届いている。

しかし、建一は、聞こえないふりをして、それでも、女の子たちに横顔が見えるように、ちょっと横を向いて見せるのだ。

「——一階ってのは、この下だよ」

と、マネージャーが言った。

「ああ」

答えるのも面倒、という口調だった。

エスカレーターで、一階へ下りて行く。

ロビーに陣取って、やって来る有名人やスターを待ち構えているカメラマンたちが、ワッとエスカレーターの前に集る。

建一は、軽く手を上げて見せ、パーティ用に着て来たマントをサッと翻《ひるがえ》して見せた。

「——もう始まってんだろ?」

「今、配給会社の社長が挨拶《あいさつ》してるよ」

と、出て来たTV局のディレクターが言った。

「キャサリンがいる。うまくやってくれよ」

「分ってる」

と、建一は笑顔で、「俺《おれ》、気に入ってんだぜ」

ロビーを横切って、会場へ入ろうとした建一は、ちょうど出て来た英子と出会った。

「やあ」

と、建一はニヤリとして言った。

「いらっしゃい」

英子は、静かに言った。

「まだ食いものは残ってるかな」

「充分よ。皿や茶碗《ちゃわん》が一杯残ってるわ」

と、英子は言った。

「何だい、不機嫌だな。俺は上機嫌なんだぜ」

「それは結構ね」

と英子は言った。「昔の知り合いが、亡くなったものだから……」

「へえ。俺の知ってる奴かい?」

「ええ。たぶんね」

と英子は言った。「雪マサミよ」

「マサミだって?」

建一は眉《まゆ》を寄せた。「あのマサミが?　死んだのか?」

「知らなかったの?」

「当り前さ!──そいつは気の毒になあ」

と、建一は首を振った。

「じゃ、悪いけど、一言、コメントしてもらえる?」

「いいよ。よく一緒に仕事をした仲だもんな」

「一応、うちの事務所にいたから、追悼記事を、と思ってね」

「じゃ、今すぐ――?」

「後でいいわ。人目につくでしょ」

と、英子は言った。「映画のハイライトが上映されてるときなら、抜け出しても分らないわ」

「OK。呼びに来てくれ」

建一は、ホールへ入って行った。

ステージでは、正に、配給会社の社長が歌い出そうとしているところだったが、TVのカメラが、一斉に建一の方を向いてしまったので、社長はむくれてしまった。

「竜建一です!――さすがに、そのスタイル、決ってますね」

と、司会者がマイクを手に寄って行くと、強いライトが建一を照らして、TVカメラが建一を狙《ねら》う。

「そりゃそうだよ。わざわざ作らせたんだからね」

と、建一はちょっと髪をなでつけて見せ、「切り裂きジャックの映画をやるんだったら、俺が出演してやるぜ」

とカメラに向って、ウインクした。

さすがに慣れているだけあって、そういうキザな仕草が似合うのである。

「竜建一さんにも、一曲歌っていただきたいと思いますが――」

「いいよ。ぜひキャサリンと二人で歌いたいな」

ワーッと拍手が起る。もちろん例の出来事は、みんな承知しているのだ。

「そりゃいいですねえ！　じゃ、早速《さっそく》支度をしていただきましょうか」

司会者の言葉に、ステージの上で、いつになったら歌い出せるのかと苛々《いらいら》していた「社長」は目をむいて、

「わしの歌の方が先だ！」

と怒鳴ったが、賢明にも、ディレクターが指示を出して、マイクのスイッチを切らせておいたので、その声はＴＶの視聴者には届かなかった。

「ちょっと待ってよ」

と、建一は手を振って、「今着いたばっかりなんだよ。少しお腹《なか》に入れとかないとね」

「なるほど。それじゃ、少し間を置いて――」

「そうするよ。夕飯抜いて来たんだもん」

建一の言葉に、会場がドッと沸《わ》いた。

「これでやっと歌える！」

と、ステージの上の社長が嬉《うれ》しそうに言った。

「――それでは大変お待たせいたしました」

と、司会者が言った。「ここで、切り裂きジャックを扱いました話題の映画『黒い影』のハイライトをご覧いただきましょう！」

ステージの上のライトが消えてしまって、社長はぼんやりとマイクの前に突っ立っていた……。

やっと意識をとり戻すと、私は激しく頭を振った。

頭痛がひどくて、目が回りそうだ。――殴られたわけではない。何か、薬をかがされて、意識を失ってしまったのである。

「ああ……」

と、呻いて、目を開いた。

カーペットの上に、倒れていたのだ。

この部屋は何だろう？――客室ではない。

そうか……。

北山美保らしい女の子について、ここへ来て、中へ入ったとたん、顔に布を押し当てられた。

あれに、薬がしみ込ませてあったのだ。

ここが、あの部屋だとすると、一階の、ホールと同じフロアということになる。会議室か何かか。頭を上げると、長いテーブルが、折りたたんで、部屋の奥に積み重ねてある。

起き上ろうとして、やっと気付いた。どうして体がしびれているようなのか。――縛られているのだ。手も足も。

これじゃ、動こうにも動けない。

「参ったな……」

口はきけるのだが、ともかく、倒れているのは、かなり広い部屋の奥の方で、ドアまでは大分ある。あの頑丈そうなドアでは、少々大声を上げても、外まで聞こえまい。

それなら、ドアの所まで転がって行って――と、体を動かしかけたが、ガクン、と引っ張られてしまう。

後ろ手に縛った手首が、折りたたんだ机の脚に結びつけてあるのだった。

これじゃ、とても動けない。――こうなると、他に手はない。私は、思い切り息を

吸い込むと、

「助けて！」

と、大声を上げた。「誰か来て！」

自慢じゃないが、これでもかなり声は大きい方である。たとえあれが防音のドアでも、もしすぐ外に人がいれば、聞こえたに違いない。

しかし、何の反応もなかった。――しからばもう一度。

「助けて！　人殺し！　泥棒！　痴漢！」

出まかせで怒鳴りまくっていたら、喉が痛くなって来た。やっぱり、オペラ歌手じゃないのだ。発声に無理があるのかもしれない、などと考えていると、ドアの鍵《かぎ》が、ガチャリと音をたてた。

やった！　誰か聞きつけたんだ！

私は顔を上げた。ドアが開いて、入って来たのは――。

「美子さん！」

と、私は言った。「無事だったの？」

白川美子だった。後ろ手にドアを閉めると、

「すみません」

と、言った。「そんな風にしてしまって。もう少し我慢して下さい」

「え？」

私はキョトンとして、「じゃ――私を縛ったのは――あなた？」

「そうなんです」

美子は、私の方へ歩いて来ると、手首と足首の結び目をみて、「――これなら大丈夫だわ」と肯《うなず》いた。

「美子さん、あなた……」

私は、やっとホームズ氏が、美子と美保の二人は大丈夫、と言っていた意味が分った。

「あなた、誘拐《ゆうかい》されてたんじゃなかったのね？」

「そうです」

と、美子は静かに言った。「ご心配かけてすみませんでした」

いくら私でも、こういう展開になるとは予想もしていなかった。しかし、ホームズ氏はなぜか察していたのに違いない。

「誘拐の脅迫電話をかけたのは――」

「私が自分で」

と、美子は言った。「約束の時間に行かなくてすみません。でも、どうせ行くつもりじゃなかったんです。ただ、誘拐されたって信じていただければ、それで良かったんですから」

「参ったわ！」

私は心から言った。「じゃ、朝田君も知ってたの？」

「いいえ」

美子は首を振った。「朝田君は無関係です。それは信じて下さい。あの人は、何も知らないんです」

――不思議だった。

美子が私を縛ったとしても、一向にその態度は変らないのである。朝田をかばう様子も、真剣そのものだ。

「美子さん。あの――これを解いちゃくれないでしょうね？」

「すみませんけど、今はだめです」

「いいわ。期待してなかった」

と、私は肯いた。「でも、事情を聞かせてくれる？　どうしてこんなことをしたのか」

美子は、ちょっとドアの方へ目をやって、

「そうですね。――今、ホールでは映画のハイライトシーンをやっているはずですわ。私も見ました。大した映画じゃありませんでしたけど」

「お姉さん――北山恵子さんと一緒に？」

美子は肯いた。私は、

「じゃ、あの五人、全部が、その試写会に来ていたの？」

と訊《き》いた。

「いいえ。全員じゃありません。岡田君江さん、牧邦江さん、それにキャサリン……」

「三原冴子がいないわね」

「あの人が最初だったんです」

「最初って？」

「三原冴子は、もっと早い試写で、あの映画を見たんです。もちろん、試写会なんて、何度もやるわけですから」

「じゃ……ジャックの被害者を名乗ったのは、わざとやったことなのね？」

「三原冴子は違います」

と、美子は言った。「あの人は、映画を見て、本当にアニー・チャプマンになって、しまったんです。その記事を読んで、今度のことを思い付いたんですの」

「――話してちょうだい」

と、私は言った。

「ええ」

美子は肯いた。「あの日、義兄の北山が、珍しく映画に誘ってくれました。お金持のくせにケチで、どこかへ連れてってくれるなんてこと、まずなかったからです。もっとも、私の方も、連れてってほしいとは思っていませんでしたけど……。ともかく、姉夫婦と一緒に行ってみたら――何と試写会でしょ。たまたま、ハガキを患者さんからもらったとかで。私、いかにも北山らしい、と思って、つい笑っちゃいましたわ……」

「お姉さん、大丈夫？」

美子は、青ざめた恵子の顔を心配そうに見ながら言った。

「ええ……。ごめんね。少し休めば良くなるから」

と、恵子は辛《つら》そうな表情で、肯いて見せる。

試写会のあったホールのロビーである。

「——どうだい？」

と、北山がやって来る。「もう歩けるだろう」

「もう少し……」

と、恵子が弱々しい声で言うと、

「あんな映画の一本ぐらいで。全く、困ったもんだな」

と、北山は言った。

そんな映画に連れて来る方がいけないわ、と言いたいのを、美子は、何とか我慢した。ともかく、姉は神経が細くて、残酷なものなどには至って弱い。

その姉に、血しぶきが飛んで、内臓を抉《えぐ》り出すような場面まで出て来る映画を見せる方がどうかしている。その点、かなり平気な美子だって、いい加減、見ていて顔をしかめたくなったくらいなのだ。

昔の映画なら、ただ、響き渡る悲鳴とか、壁に映る影とかで表現しただろうが、最近の映画は、凄惨な場面を、そのまま映してしまう。——全く、ロマンに乏しいのだ。

「あなた、先に帰って下さい」

と、恵子が、北山に言った。「美保も、お手伝いさんに任せてあるので、心配ですから」

「お前、どうする？」

「私は美子と二人で、電車で帰りますから」

「そうか。――じゃ、先に帰ってるぞ」

北山は、アッサリと立ち去ってしまった。

「何よ、あの態度！」

美子は頭に来た。「けっとばしてやれば？」

「いいのよ」

恵子は、力なく微笑《ほほえ》んだ。「――下に、喫茶室があったわ。何か、熱いものでも
……」

「うん。立てる？――私の肩につかまって。大丈夫？」

二人は、ホールの入っているビルの地下一階へ降り、静かな喫茶室へ入った。

「あら、今の試写を見てた方ね」

と、ちょうど立って来た女性が、美子たちを見て、声をかけて来た。

「ええ。姉が気分が悪くなって」

「ご同様の人が、あそこに集ってるわ。合流したら？」

と、その女性は言って、レジの方へ歩いて行くと、「電話をかけるので、十円玉に――。ええ、百円、全部」

美子と恵子は、奥の広いテーブルを囲んでいる女性たちに加わった。

「まあ、ひどい顔色ね。――でも、みんなついさっきまでそうだったのよ。ここへかけて……」

「すみません」

と、恵子は、礼を言った。

「それにしても、ひどい映画ねえ」

と、一人が言った。「あんなひどいと分ってれば見なかったのに……」

「でも、平気な人もいるのよ」

「私、死ぬかと思った」

と一番若い女の子が、胸に手を当てた。

「あら――」

美子は、その少女を見て、「あなた、歌手のキャサリンじゃない？」

「そうです」

少女は、ちょっと照れたように言った。「英子さんはやめろ、って言ったんです。

言うことを聞いとけば良かった」

英子というのは、今、電話をかけに行った女性らしい。

「――お恥ずかしいですわ」

熱いレモネードで、やっと顔色の戻って来た恵子が、息をついて、言った。「いい年齢《とし》をして、映画ぐらいで……」

「恥ずかしいことなんて、あるもんですか」

と、一番年長らしい、どこか教師風の女性――これがピアニストの牧邦江だった――が言った。「ここにいる人たちは、みんな、人間らしい、繊細な感情を持っている、ってことですよ。あんなものを平然と見ていられる方が、どうかしてるんです」

「あれを見て、おかしくなった人がいるんですね」

と言ったのは、ごく普通の主婦らしい――岡田君江である。「新聞で見ましたわ。自分はアニー・チャプマンだ、と言い出して……」

「それ、最初の犠牲者？」

「二番目じゃない？」

「いやねえ、本当に」

と、牧邦江が首を振る。「いつも、被害者になるのは女。売春婦といったって、誰も好んで身を落したわけじゃないでしょうに。それで男に貢いで、男に殺される。――切り裂きジャックが、売春婦を憎んでいたのなら、その女たちをそういう立場に追い込んだ男の方を殺せばいいんだわ。男なんて、本当に……」

牧邦江が、ハッとしたように、言葉を切る。異様なほど、熱のこもった口調になっていたのである。

「ごめんなさい。つい――」

と、牧邦江は、笑顔を作って言った。

何となく、静かになってしまった。――重苦しい雰囲気。

それぞれに、何かを考え込んでいる、という様子だった。そして――突然、すすり泣きの声が……。

泣き出したのは、岡田君江だった。牧邦江が心配そうに、

「あら、どうしたの？――ごめんなさい。私が変なことを言っちゃったもんだから」

「いいえ。――いいえ」

岡田君江が激しく首を振った。「そうじゃないんです。――違うんです」

他の女たちが顔を見合せる。

「――何かわけがあるのなら、話してみて下さいな」

と、恵子が言った。「もちろん、大してお力にはなれないでしょうけど……」

「じゃあ、岡田を殺すために……?」

私は、言った。

「そうなんです」

美子は肯いた。「ひどい話でした。岡田は、君江さんが具合が悪くて入院していたとき、アパートが汚れているだろうといって、掃除に来てくれた、君江さんの妹を無理やり、力ずくで犯してしまったんです。――妹さんは、怖くて誰にも打ちあけられないまま、半年近くも岡田の言うがままに関係を続けて、ノイローゼになり、自殺してしまったんです」

「まあ」

「そのときは、君江さんも妹さんの自殺の原因にさっぱり思い当らなかったんです。でも、ちょうどあの日の少し前、古い郵便が、君江さんの所へ届きました。間違って配達され、あちこち転送されていた、妹さんの手紙でした。――それを読んで、君江さんは、真実を知ったんです」

「でも……」

「怖くてご主人には訊けなかったんです。ご主人が認めるはずもないし。――そのときには、愛人がいることも、君江さん、気付いていたんですから。でも、まさか妹まで――」

「それは、事実だったの？」

「ええ。君江さんも、その後、妹さんの遺《のこ》したものを調べたり、友だちに会って、話を聞いたりして、間違いないことを確かめました。――そんなとき、あの試写会へ来たんです」

「じゃ、あなた方が、それに同情して……。そうだったの。一人一人が、別々の犠牲者を名乗って――」

「みんな男に辛い目にあわされていたんです。牧さんも、ご主人が女を作っていると知っていたし、キャサリンは竜建一にしつこくつきまとわれて、言うことを聞かないと、業界から、ボイコットしてやる、と脅されて、追い詰められていたんです」

「まあ」

「姉は――私も初めて知ったんですけど――妻子のある男性と恋をして、妊娠したんです」

「じゃ、美保ちゃんは――」

「その人の子です。北山は、妊娠のことを、両親にばらすと脅して、姉と結婚したんです。だから美保ちゃんは北山の子じゃないんですわ」

美子はゆっくりと首を振った。「あのとき、偶然に、そうした女性ばかりが集ったのは、――古い言葉ですけど――天の配剤《はいざい》ですわ。岡田のことは許せない、とみんなが話し合いました。女でも、力を合せれば、岡田を殺してやれる、と……」

「でも、殺さなくても――」

「早野恭子のことがあったんです。彼女も、苦しんで、悩んでいました。でも、岡田はもう彼女に飽きて来ていた。――私たち、充分に検討して、またこっそりと集って、話し合ったんです」

「――そうだったの！」

「切り裂きジャックの映画がきっかけになった、というのも何かの縁だというので、牧さんがアイデアを出したんです。――ああして、全員があの病棟へ入れられるのも計算済みでした」

「第九号棟のことを？」

「ええ、牧さんが、誰かから話を聞いていたんです。ただ、どこから出入りできるのか分らなかった。――でも、牧さんをさらって下さったので、トンネルの場所が分りましたわ」

「じゃ、あの晩――」

「ダルタニアンさんには申し訳なかったんですけど、牧さんがルパンさんに事情を打ちあけ、ルパンさんも大いに同情して、力を貸して下さったんです。あの病棟の何人かの女性に変装して、例の四人に見せかけて」

「じゃ、あなた方、トンネルから外へ出たの？」

「岡田を、自殺に見せかけて殺したんです。――後悔していませんわ。自業自得というものです」

「でも、早野恭子は？　それに三原冴子――」

「それが分らないんです」

と、美子は言った。「あれは、私たちとは関係ありません。――私、不安になって、美保ちゃんの身も心配だったので、二人で身を隠したんです」

「じゃ、他の殺人犯が？」

「そうです。私たちの目的は達したので、もう元に戻ってもいいんですけど、あの二人を殺した〈ジャック〉を捕まえなくては、と思って――。そこへこのパーティの企画で。いい機会だと思ったんです」

何てこと！——つまり、私たちは第九号棟で、四人にアリバイを提供していたわけだ。

「あの——でも、どうして私を縛ってるわけ？」

と、私は訊いた。

「本物の殺人犯、ジャックは、私たちが捕まえます。そうしないと、三人とも、私たちが殺したことにされてしまうと思って」

「そんなに分らず屋じゃないわよ、私」

「すみません。もうすぐ決着がつくと思いますわ。もう少しの辛抱ですから——」

美子は、ドアの方へと歩いて行くと、「待っていて下さいね」

と言って、ドアを開けた。

目の前に、黒いマントの男が——。

「危い！」

と、私は叫んだ。

美子が、パッと飛びすさるのと同時に、銀色の刃が走った。アッ、と美子が声を上げる。

美子がドッと倒れた。わき腹に血が広がっている。——マントで、顔を半分隠した